L'OBOLE

DU PAUVRE

DANS LA DISCUSSION

DE

QUELQUES IDÉES A L'ORDRE DU JOUR,

PAR P. V.

GAP,

TYPOGRAPHIE DE DELAPLACE, SUCCESSEUR D'A. ALLIER,

Rue de Provence.

1849.

L'OBOLE

DU PAUVRE

DANS

LA DISCUSSION DE QUELQUES IDÉES

A L'ORDRE DU JOUR.

LE SOCIALISME.

Si quelqu'un nous demandait qu'est-ce que le socialisme ? Dans l'impuissance où nous serions de lui répondre catégoriquement, nous éluderions simplement sa question au moyen de cette autre interrogation, — lequel ? C'est qu'il serait difficile, en effet, d'en donner une définition acceptée, nous ne dirons pas de tous les socialistes, mais d'un seul d'entre eux; ils appartiennent à tant d'écoles différentes, et chaque école renferme elle-même un si grand nombre de nuances, qu'on pourrait presque attribuer à chaque socialiste des idées qui lui sont propres.

Les chefs les plus généralement connus des écoles socialistes sont MM. Pierre Leroux, Proudhon, Cabet, Louis Blanc et Victor Considérant.

C'est en vain qu'on invite M. Pierre Leroux à quitter les régions aériennes dans lesquelles il a l'habitude de planer, et à descendre dans l'arène du positif pour formuler ses théories. Son esprit, égaré dans le ciel, ne peut s'abaisser jusqu'à la terre. Son langage est si mystique et sa pensée si vaporeuse, qu'il est impossible de découvrir un système à travers les nuages dont il l'enveloppe. Il faut donc attendre de l'avoir compris pour le discuter.

De M. Proudhon, on ne sait guère qu'une chose; c'est qu'il veut abolir la propriété, le genre humain et Dieu même, auquel il a la prétention de se substituer au besoin. Vous êtes bien curieux, répondrait-il sans doute, à ceux qui seraient tentés de lui demander comment il reconstruira le monde quand il aura produit le cahos.

La propriété, c'est le vol, a-t-il dit. Eh ! mon Dieu ! M. Proudhon, vous n'êtes qu'un plagiaire : les idées excentriques ne sont le privilège ni d'une nation, ni d'une époque, ni d'un homme. En tout temps et en tout pays, il en a jailli de quelques cerveaux humains. Beaucoup d'autres avant vous avaient exprimé la même pensée. Dans son discours sur l'origine et les fondements de l'inégalité parmi les hommes, Jean-Jacques Rousseau lui-même avait écrit : « Le premier « qui, ayant enclos un terrain, s'avisa de dire « *ceci est à moi,* et trouva des gens assez sim- « ples pour le croire, fut le vrai fondateur de la « société civile. Que de crimes, de guerres, de « meurtres, que de misères et d'horreurs n'eût « point épargnés au genre humain celui qui, « arrachant les pieux ou comblant le fossé, eût « crié à ses semblables : gardez-vous d'écouter « cet imposteur; vous êtes perdus, si vous ou- « bliez que les fruits sont à tous et que la terre « n'est à personne ! Mais il y a grande appa- « rence que les choses en étaient déjà venues « au point de ne pouvoir plus durer comme

« elles étaient; car cette idée de propriété, dé-
« pendant de beaucoup d'idées antérieures qui
« n'ont pu naître que successivement, ne se
« forma pas tout d'un coup dans l'esprit humain;
« *il a fallu faire bien des progrès, acquérir*
« *bien de l'industrie et des lumières, les trans-*
« *mettre et les augmenter d'âge en âge avant*
« *que d'arriver à ce dernier terme de l'état de*
« *nature.* Reprenons donc les choses de plus
« haut, etc. »

Mais différent de M. Proudhon, le philosophe de Genève a donné à sa pensée des développements qui l'expliquent et la justifient. S'il énonce qu'à l'état sauvage, les fruits sont à tous et la terre n'est à personne, il considère néanmoins la propriété comme la base de toute société civile, comme le dernier terme de l'état de nature. Il suppose, il est vrai, l'homme sauvage plus heureux que l'homme civilisé; mais alors même que cette opinion ne serait pas un magnifique paradoxe; alors même qu'avant de combattre pour le sol, l'homme de la nature ne s'en fût pas violemment disputé les fruits, et qu'on dut réellement à la fondation de la société civile les guerres, les crimes et les misères que Rousseau lui impute, il serait constant qu'à ses yeux, la propriété est la base de toute civilisation; que la propriété s'établit partout où la civilisation pénètre. On ne peut donc abolir la propriété sans ramener le genre humain à son état primitif, et nous demandons à l'homme civilisé du XIXe siècle, quelque humble que puisse être sa position, s'il renoncerait volontiers au bien-être matériel qu'il doit à la civilisation, pour redevenir l'homme sauvage des forêts qui, sans abri, sans vêtements et sans famille, était forcé de lutter d'agilité, d'audace, de force et d'adresse avec les bêtes fauves pour leur disputer sa nourriture de chaque jour.

Ces mots de M. Proudhon, « la propriété c'est le vol, » ne sont donc qu'une analyse brutale, inexacte, exagérée de la pensée développée par l'auteur immortel du contrat social. Se reportant à l'origine de la société civile, ce dernier a pu dire : « les fruits sont à tous et la terre n'est à personne. » Peut-être même cette pensée n'est-elle pas rigoureusement juste, quoiqu'elle ait une apparence de vérité en l'appliquant à l'époque indiquée par son auteur. Nous allons essayer de le démontrer.

Lorsque faisant son premier pas dans la voie de la civilisation, l'homme a commencé de reconnaître une famille, de construire une hutte pour s'y abriter avec elle, et de demander à la terre des produits en la cultivant, le sol n'avait réellement aucune valeur, la population étant loin d'être alors en rapport avec son étendue. Nul ne causait un préjudice à autrui, en affectant à son usage particulier la portion de terre rapprochée de sa cabane, chacun pouvant user du même privilège, si c'en était un. De quel droit, ou plutôt par quel motif, un homme serait-il venu dire à un autre : — cette terre n'est à personne; tu l'as cultivée jusqu'à ce jour, mais je prétends m'en emparer. — Celui qu'on aurait ainsi interpellé, n'aurait-il pas été fondé à répondre : — la terre est faite pour être cultivée : si elle n'appartient à personne mes droits sur la portion que j'occupe sont égaux aux tiens : pourquoi donc m'en déposséderais-tu, alors même qu'il ne faudrait tenir compte ni de mon droit particulier de premier occupant, ni des sueurs dont je l'ai inondée pour la rendre fertile, quand il te suffit de faire un pas pour trouver ailleurs aussi bien et peut-être mieux, et si tu parvenais à t'emparer aujourd'hui par la force de la terre que tu convoites, pourquoi donc, invoquant contre toi le principe en vertu duquel tu m'expulses ; d'autres ou moi ne te déposséderions-nous pas demain ? Nous passerions donc à nous combattre, à nous déchirer, le temps que nous pouvons employer utilement pour tous. Ces pensées sont si vraies et si simples qu'elles ont dû se présenter à tous les esprits. Ne paraît-il donc pas certain qu'imitant l'exemple du premier qui a fait un défrichement, tous les hommes ont tour à tour cultivé les terres qu'ils trouvaient libres et qui ne pouvaient manquer à personne : ne semble-t-il pas évident que, par une convention tacite et bien naturelle, ou, si l'on veut, par une tolérance réciproque que le temps a convertie en droit, chacun a été considéré comme propriétaire de ce qu'il avait défriché, et l'on n'a fait en cela qu'obéir au sentiment de justice inné dans le cœur humain. Le seul instinct de ce qui est juste a dû faire considérer la propriété du sol comme suffisamment légitimée par le travail et la possession.

Il n'y a point de socialiste qui ait encore songé à contester à l'homme le fruit de son travail. Qu'est-ce donc qu'une terre inculte sur laquelle nul ne peut invoquer un droit particulier, dont personne n'a besoin, et qu'on a rendu susceptible de donner des produits par la culture ? N'est-ce pas le fruit du travail ? Le possesseur ne l'a-t-il pas suffisamment achetée par une culture laborieuse ? Cela pouvait-il ne pas être vrai à l'origine des sociétés, à une époque où les forêts couvraient la terre, où cette terre elle-même n'a pu être remuée qu'avec des peines infinies, eu égard à sa compacité et faute d'outils, quand de nos jours encore, avec les magnifiques développements donnés à notre industrie, avec nos instruments perfectionnés, il arrive souvent que les frais d'un défrichement excédent la valeur du sol défriché ?

Reportons notre pensée vers le temps où un

homme a senti le premier le besoin de se vêtir. Supposons-le parcourant les bois et ramassant brin à brin la laine que les buissons avaient arrachée à des moutons sauvages comme lui; puis réunissant cette laine, la lavant, la cardant, la filant, la tissant, et s'occupant enfin à la transformer en un vêtement informe. Qui aurait osé dire à cet homme : — ton habit ne t'appartient pas, parce que les animaux qui t'ont fourni la matière première sont à tous ? — Personne, sans doute, car cet habit était le fruit d'un long, pénible et minutieux travail. N'en serait-il donc pas de même de celui qui aurait arraché sa nourriture des entrailles d'une portion de terre qu'il se serait appropriée, par des travaux dont nous ne pouvons nous faire une idée qu'en nous supposant privés de l'intelligence, de l'instruction, du savoir-faire, et des outils précieux que nous devons aux bienfaits de la civilisation. Ce coin de terre inculte, rendu fertile par l'homme sauvage, n'a-t-il donc pas été payé assez cher, n'en est-il pas le créateur ? Ou s'il ne l'a pas réellement créé, ne lui à-t-il pas fait subir une transformation équivalente à une véritable création ? N'est-il pas le fruit de son travail comme son premier habit ?

Vainement les socialistes de l'école la plus avancée essayent-ils de distinguer entre les fruits du travail et le sol. A leurs yeux, il n'y a de véritable propriété que les instruments et le produit du travail, la terre n'appartenant et ne pouvant appartenir à personne ; en d'autres termes, la propriété mobilière est légitime et celle immobilière ne l'est pas, comme si la seconde n'émanait pas de la première. Ainsi d'après cette école, dont nous regardons M. Proudhon comme le chef, la qualification de voleur étant afférente au sol, tout propriétaire n'a qu'à vendre ses immeubles pour se purifier et recevoir de son acquéreur le titre d'honnête homme et de bonnes espèces métalliques, en échange de ses terres et de sa qualification de voleur; à moins qu'illégitime entre certaines mains, le sol ne cesse de l'être en passant dans d'autres.

Jamais on n'a pu dire avec plus de raison : autres temps, autres mœurs. Des titres de noblesse dépendaient autrefois de certaines terres; maintenant un titre de flétrissure serait attaché à chaque parcelle du sol!

Nous croyons avoir démontré qu'à l'époque de la fondation de la société civile, la propriété du sol avait été achetée et légitimée par le travail; mais admettons même que cette pensée: « *Les fruits sont à tous et la terre n'est à personne* » fût vraie à l'origine de la société civile; pourrait-elle l'être encore après tant de siècles de civilisation, quand chaque parcelle du sol a subi d'innombrables transformations et changé tant de fois de propriétaire. Quel prolétaire oserait dire que jamais ses ancêtres n'ont possédé? Si remontant le cours des âges jusques à l'homme qui le premier a fait un champ, nous pouvions faire la généalogie de toutes les familles, nous trouverions inévitablement que chacune d'elles a été propriétaire à une époque quelconque, précisément parce que la propriété étant le fruit du travail, les hommes intelligents, probes, économes et laborieux se sont, dans tous les temps, enrichis aux dépens des dissipateurs. Les uns ont possédé et ne possèdent plus, parce qu'ils n'ont pas su conserver; les autres ne possédaient pas et possèdent, parce que, par une conduite irréprochable, un travail pénible et soutenu, une économie constante, ils se sont insensiblement procuré les moyens d'acquérir; et, jusqu'à la fin des siècles, telle sera l'histoire du monde. Les membres de chaque famille ont été et seront tour à tour propriétaires et prolétaires, riches et pauvres, ouvriers et bourgeois. Nous énonçons une vérité que tout le monde peut reconnaître, car nous défions un homme de quarante ans de jeter les yeux autour de lui sans voir quelque bourgeois récemment sorti de la classe ouvrière, et quelque ouvrier dont la famille ne comptât pas naguère dans la bourgeoisie. Devons-nous prétendre au droit de dépouiller le détenteur actuel d'un sol autrefois possédé par nos ancêtres et passé entre les mains d'un tiers qui en a gagné la valeur par son travail et son économie, parce que notre famille ou nous avons dévoré notre patrimoine? On ne peut concevoir une pensée semblable sans fouler aux pieds toutes les notions du juste et de l'injuste, du bien et du mal.

Le travail étant une propriété sacrée que personne ne conteste, le fruit du travail est nécessairement aussi la propriété du travailleur : mais toute propriété émane du travail ; donc, quelle que soit sa nature, elle appartient légitimement au travailleur, parce que le capital, quelque nom qu'on donne à la matière qui le représente, ne peut pas cesser d'être le fruit du travail. Peut-on, dès lors, sans offenser la raison, affirmer que le produit en argent d'un noble labeur est une propriété légitime, quel qu'en soit le chiffre, tant que cette propriété ne change pas de nature, mais qu'il perd son caractère de légitimité, s'il s'opère une transformation, s'il est fait un échange entre le capital et le sol.

Le but des socialistes serait de faire disparaître les inégalités choquantes que nous remarquons dans notre état social. Nous reconnaissons la générosité du principe, mais nous sommes profondément convaincus qu'on cherchera vainement les moyens d'atteindre le but. Supprimera-t-on jamais les inégalités d'instruction, d'intelligence, d'amour du travail, de force, d'adresse, de conduite, de caractère, et par suite, de fortune et de condition? Ce ne sont pas là des choses que l'on puisse obtenir en les décrétant, et si l'on parvenait à les faire cesser aujourd'hui, les conditions de notre nature les feraient inévitablement renaître demain. L'égalité devant la loi, le droit de tous à l'instruction gratuite, une répartition plus équitable des charges publiques et d'autres mesures successivement sanctionnées par l'opinion, doivent produire toutes les améliorations qu'il sera possible de faire subir à notre état social, tous les véritables progrès immédiatement réalisables et desquels doivent découler, dans un temps donné, tous ceux compatibles avec nos mœurs et la marche de nos idées.

On attribue à M. Proudhon cette pensée que le droit au travail devrait conduire fatalement à l'abolition de la propriété : nous en dirons donc aussi quelques mots. A nos yeux, le devoir de tout gouvernement est de veiller à ce que personne ne soit forcément inoccupé et d'aviser au moyen de procurer du travail à ceux qui en manquent, dans les limites du possible; mais on ne saurait inscrire ce devoir de l'État comme un droit pour le travailleur, dans le pacte fondamental de la nation, sans ouvrir la porte à tous les abus, sans encourager la paresse, sans désorganiser tous les ateliers particuliers, sans tuer l'industrie, sans légitimer un état permanent d'insurrection. Un droit est absolu; tous les citoyens peuvent l'invoquer et l'on ne transige pas avec lui. Le rendre illusoire pour ceux qui l'invoqueraient serait l'équivalent de sa négation, or, nous le demandons à toutes les personnes de bonne foi, des hommes dont les cheveux ont blanchi dans les ateliers, des hommes de lettres, des artistes, des médecins, des avocats, des ouvriers infirmes comme il s'en rencontre beaucoup parmi les tailleurs, les cordonniers et autres corps d'état, pourraient ils profiter des travaux de terrassement que le gouvernement pourrait leur offrir ? N'auraient-ils pas le droit de dire ; « votre offre est dérisoire à raison de notre impuissance à en profiter: notre droit est inscrit dans la constitution en des termes tels qu'il ne vous appartient pas de le limiter; vous nous devez du travail et par conséquent du travail dans la mesure de notre intelligence, de notre aptitude, de notre force et de nos habitudes. » L'État donnera-t-il à faire des souliers au cordonnier et des habits au tailleur? Commandera-t-il des statues au sculpteur et des tableaux au peintre? Procurera-t-il des pratiques au coiffeur. des malades au médecin, des clients à l'avocat? non sans doute ; car il ne le pourrait qu'en s'arrogeant le monopole de toutes les professions et de toutes les industries qu'il écraserait par une concurrence contre laquelle elles ne pourraient lutter. L'industrie est pourtant aussi une propriété ; la propriété sacrée du travailleur.

Le droit au travail conduirait donc fatalement au communisme, et le communisme, qui présenterait incontestablement quelques avantages à ceux qui se réuniraient pour l'appliquer sur une petite échelle, à la condition que l'harmonie ne cessât pas de régner entr'eux, ne pourrait ni exister, ni même s'établir en le généralisant, ainsi que nous essayerons de le démontrer plus tard. On dit réactionnaires les représentants qui, sans avoir désiré la République, l'ont franchement acceptée, mais la veulent sage, honnête et pure. Si, ayant l'honneur d'être représentant, nous voulions le renversement de la République, nous n'aurions pas hésité à voter le droit au travail, puisqu'il aurait pour conséquence la destruction de la propriété, et que tous les propriétaires, dénomination sous laquelle nous ne désignons pas seulement ceux qui possèdent le sol, mais ceux qui exercent une profession ou une industrie qui, nous le répétons, sont bien aussi la propriété du travailleur, chercheraient un refuge contre la spoliation dans un nouvel ordre de choses et se jetteraient, pour y échapper, dans les bras d'un prétendant quelconque avec enthousiasme et bonheur.

C'est donc, à nos yeux, un devoir pour l'Etat de procurer du travail à ceux à qui l'industrie privée n'en fournit pas, comme si c'était un droit pour tous d'en réclamer, mais il ne faut pas que ce droit puisse être invoqué. Et ce n'est pas à cela que doit se borner sa sollicitude ; il faut non-seulement qu'il accomplisse son projet de fonder une caisse de retraites, mais qu'il établisse des maisons destinées aux invalides du travail ; que juste, mais sévère pour les admissions, il repousse impitoyablement les hommes flétris par des condamnations, les ouvriers paresseux et débauchés qui ne peuvent imputer leur misère qu'à eux-mêmes ; qu'il ne reçoive que les hommes que leur âge, des accidents, des malheurs, ou la maladie auront mis hors d'état de travailler, et qu'il les fasse entourer de tous les soins et de tout le bien-être matériel et moral dont est bien digne de jouir, à la fin de son honorable carrière, cette classe si intéressante de citoyens. Nous nous abuserions étrangement, si de telles créations n'étaient pas d'un effet puissant pour la moralisation des classes ouvrières.

Nous ne nous appesantirons pas plus longtemps sur cette question, des penseurs plus profonds que nous, des plumes plus exercées que la nôtre, des voix bien autrement éloquentes que celle que nous pourrions faire entendre, l'ayant depuis longtemps épuisée.

Dans les dernières limites du socialisme, en général, comme dans celles du communisme en particulier, l'Etat nous paraît devoir s'emparer de tout et distribuer le travail et les produits entre tous les citoyens. Mais qui serait satisfait d'une position imposée ? Qui ne serait blessé dans son amour-propre et qui ne croirait l'être dans ses intérêts ? Pourquoi à tels la rude tâche de déchirer les flancs de la terre pour en extraire la nourriture de tous, et à d'autres des travaux moins honorables sans doute, mais aussi moins fatigants ? Et que produirait le sol ? Déjà maintenant ses produits matériels sont à peine suffisants pour nourrir la totalité de la population ; il pourrait donner bien davantage, nous le savons, mais il faudrait le cultiver mieux. Le travail seul le féconde et ses produits sont toujours proportionnés aux sueurs dont on l'arrose. Or, si dans la répartition des produits, on faisait une part égale à tous les cultivateurs, qui donc aurait intérêt à bien cultiver ? Comparez le travail des gens de la campagne, cultivant leur propre sol, et celui des ouvriers à la tâche avec celui des ouvriers à la journée, qui sont cependant encore stimulés par la crainte d'être renvoyés, et vous trouverez une différence immense. C'est qu'on est naturellement laborieux quand, travaillant pour soi, l'on sait que la somme du travail doit ajouter à la somme du bien-être, et paresseux quand on ne peut rien attendre de son zèle. Cependant, on ne peut se le dissimuler, la première condition d'existence pour une société quelconque est de produire la quantité de denrées alimentaires indispensable à ses besoins : il faut manger avant tout, et puisque, déjà maintenant, la terre produit à peine, faute de bras, la moitié des récoltes qu'on pourrait en obtenir, et que ces récoltes sont à peine suffisantes pour la nourriture de tous, que deviendrions-nous si elles étaient encore réduites de moitié ? N'est-il pas évident qu'il n'y aurait pas de pain pour tout le monde, ou plutôt qu'on aurait simplement généralisé la misère et la faim; car la culture dans l'intérêt commun d'une nation tout entière aurait inévitablement ce résultat. Le travail n'a qu'un stimulant, c'est le bénéfice. Détruisez le stimulant et vous étouffez l'amour du travail. Personne n'attendant aucun avantage de son zèle et de ses efforts, chacun compterait sur ses compagnons et resterait dans une coupable inertie; et, par cela seul que la même idée se présenterait naturellement à tous les esprits, les sommes de travail et de produits seraient inférieures à celles actuelles dans une effrayante proportion.

Voulez-vous rendre la France heureuse et riche? Honorez l'agriculture, usez de tous les moyens susceptibles de l'encourager, et rendez-lui les bras qui lui manquent pour augmenter la somme de ses productions. Multipliez les machines, ne vous lassez pas de perfectionner celles que vous possédez, inventez-en sans cesse de nouvelles, et, forçant ainsi les ouvriers à s'éloigner des grands centres de population où ils surabondent, vous rétablirez un équilibre nécessaire en rendant l'emploi de leur force à la terre qui le réclame. Alors vous aurez réellement amélioré le sort de tous, car vous produirez davantage et à meilleur compte.

Beaucoup de gens tressaillent d'épouvante et semblent prêts à invoquer la protection divine par un signe de croix en entendant prononcer ce redoutable mot: *socialisme*. Les hommes sensés, habitués à juger de tout avec le calme de la raison, s'inquiètent peu du mot et ne s'effrayent réellement que de l'interprétation que lui donnent certains esprits qui, de bonne foi peut être, mais exagérés dans leurs conceptions, rêvent le renversement de tout ordre social, sous le singulier prétexte de l'organiser sur de meilleures bases. Le socialisme, tel que nous le comprenons, serait au contraire une noble et sainte chose ; il serait l'application intelligente du principe de la fraternité humaine dans les limites du possible ; il serait, en un mot, la consolidation de notre édifice social, le raffermissement de ses bases attaquées par des théories subversives.

Ainsi, tout homme raisonnable en qui l'égoïsme n'a pas étouffé tous les sentiments généreux n'est pas exclusif ; il ne s'effraie pas du mot *socialisme*, et ne le proscrit pas ; car quiconque a du cœur et du sens est lui-même socialiste dans une certaine limite, et souhaite l'adoption de toute mesure sage tendant à rendre moins choquantes les inégalités sociales. Il aspire à voir au riche un peu moins de superflu pour que le pauvre ne manque pas du nécessaire et sera toujours heureux d'applaudir à toutes les combinaisons susceptibles de concourir à ce résultat ; il désire enfin que, procurant aux prolétaires la plus grande somme possible de bien-être matériel et moral, on leur facilite les moyens de prétendre à la propriété par l'épargne et le travail. Personne, que nous sachions, n'a jamais osé dire que notre état social ne laissât rien à désirer : tout le monde au contraire connaît et signale ses imperfections ; mais des utopistes, des ambitieux, ou des anarchistes, des hommes enfin qui, eu égard à leurs tendances, seraient mieux caractérisés par l'épithète d'anti-sociaux, que par celle de socialistes, peuvent seuls avoir la prétention de lui faire atteindre de plein saut les dernières limites de la perfectibilité. Les institutions sociales sont évidemment progressives, par cela seul que l'esprit humain ne saurait rester stationnaire ; mais il faut avancer sans violentes secousses, sous peine de tout ébranler ou même de tout détruire. Le progrès marche, cela n'est pas douteux pour quiconque examine avec attention le présent et le passé. Voyez les améliorations survenues depuis la glorieuse révolution de 1789. Comparez le pain qu'on mangeait alors à celui de nos cultivateurs et de nos ouvriers, et vous reconnaîtrez que celui dont ils se nourrissent maintenant est préférable à celui des bourgeois d'alors. La différence, en général, ne sera pas moins grande sous le rapport du confortable des habitations et deviendra bien autrement saillante si vous recherchez quelle est à cette heure et quelle était il y a 60 ans la durée moyenne de la vie humaine ; de 28 ans avant 1789, elle est à présent de 38 ans. Ce fait est concluant; il est le plus incontestable indice d'une amélioration sensible dans le bien-être matériel de la population. Tout progrès doit donc insensiblement s'accomplir avec le temps; mais est-ce à dire qu'il ne faille rien faire pour hâter sa marche ? Non, certes; il importe non moins de ne rien négliger de ce qui peut concourir à son prompt accomplissement que de se garder de renverser tout l'ordre social, sous le prétexte de lui faire subir une brusque transformation qui n'amènerait qu'une guerre d'extermination ou le cahos.

Il en est des révolutions sociales comme des révolutions politiques. Elles ne peuvent s'accomplir que par la force de l'opinion. Les idées justes ont une puissance irrésistible : vainement on leur oppose des entraves; sans cesse elles marchent, parfois lentement, il est vrai, mais leur triomphe dans une plus ou moins longue période de temps est la conséquence inévitable de leur simple propagation. Elles perdent au contraire tout leur prestige quand on cherche à les imposer à coups de fusil; car la force brutale est le pire des arguments : entraînant la résistance et se brisant contre une force plus grande, elle recule indéfiniment le jour du triomphe de l'idée pour laquelle elle intervient, quand elle ne tue pas cette idée. En d'autres termes, quelque profondes et sincères qu'elles soient, les convictions doivent s'arrêter devant l'impuissance. On ne saurait traduire en faits des idées qui ne sont pas dans les mœurs, et l'on tenterait vainement de braver la répulsion générale qu'elles inspirent. Celles des prétendus socialistes n'auraient donc aucune chance de succès, alors même qu'elles ne seraient pas une aberration de la pensée. Qu'on essaie de déposséder les propriétaires, et l'on verra si l'on ne rencontre pas une opposition bien autrement formidable, dans sa presque unanimité, que celle manifestée contre la perception de l'impôt des 45 centimes dans quelques localités. Nous nous abuserions fort si l'irritation n'était pas en sens inverse de la fortune.

Après avoir exprimé notre opinion sur le socialisme en général, il nous reste à parler du communisme et du fouriérisme en particulier.

LE COMMUNISME.

Nous avouons en toute humilité qu'ayant peu lu les ouvrages de M. Cabet, nous ne savons guères ce que c'est que le communisme, qui se subdivise, au surplus, en un très grand nombre de sectes. Tel que nous le comprenons, et de même que l'égalité des salaires préconisée par M. Louis Blanc, il donnerait la solution d'un horrible problême ainsi posé :

Trouver un système d'organisation sociale ayant pour résultat d'éteindre l'espérance, sans étouffer le désir, et de nous infliger sur la terre les supplices de l'enfer, en inoculant au cœur de l'homme un chancre pour le dévorer.

Nous vivons moralement plus encore que physiquement. Notre destinée et de courir incessamment après le bonheur et d'user courageusement tous les ressorts de nos forces et de notre intelligence pour atteindre ce but que nous ne demandons jamais qu'à l'avenir; en un mot, pour l'immense majorité des hommes, si non pour tous, le passé n'est rien et le présent bien peu de chose quand il n'est pas un tourment: ainsi la vie morale se compose réellement d'aspirations vers l'inconnu, du désir d'améliorer notre sort et de l'espérance d'y parvenir, car la plus grande, pour ne pas dire la seule ambition du père de famille est de mettre ses enfants à l'abri du besoin, quand il est pauvre, et de leur laisser un peu d'aisance, quand il possède le nécessaire. Que ceux qui n'éprouvent pas ces sentiments nous démentent!

Par une conséquence nécessaire de ce besoin le plus impérieux de tous peut-être, l'intérêt a toujours été et ne cessera jamais d'être le plus puissant mobile des actions humaines: si, poussé trop loin, il est un vice entachant les célibataires, son principe est toujours une qualité dans les pères de famille et l'immense majorité des hommes sont destinés à devenir époux et pères. L'intérêt est donc, nous le redisons, le plus énergique stimulant du travail, de l'ordre, de la conduite et de l'économie: le détruire, c'est tuer l'émulation; c'est porter le découragement dans l'esprit et dans le cœur de l'honnête et laborieux ouvrier; c'est paralyser les facultés de son intelligence, de sa force et de son adresse; c'est étouffer en lui le germe de toutes les vertus; c'est encourager et récompenser la paresse, l'ignorance et la débauche.

Or, nous le demandons à tous les hommes de bonne foi, ne détruirait-on pas l'intérêt si l'on traitait tous les travailleurs sur le pied d'une parfaite égalité ; si, pour la répartition des salaires, on ne distinguait pas entre l'ignorance et le savoir, entre l'intelligence et l'abrutissement, entre la paresse et l'activité, entre le vice et la vertu?

Et par la destruction de l'intérêt, n'éteindrait-on pas l'espérance, sans étouffer le désir si ardent, si impérieux de voir notre position et celle de nos enfants s'améliorer?

Tels seraient cependant les effets inévitables du communisme appliqué sur une grande échelle et de l'égalité des salaires proposée par M. Louis Blanc, car le communiste n'a rien et ne peut rien avoir à lui. Il n'est donc personnellement intéressé ni à travailler, ni à économiser, puisque les fruits de son travail et de son épargne ne peuvent tourner ni à son profit particulier, ni à celui de ses enfants. Vainement on placerait dans chaque atelier un poteau sur lequel on pourrait lire. « *Les paresseux sont des voleurs* ; » il faudrait écrire : « *Tous les citoyens sont des voleurs* ; » car, avec ou sans le système de l'égalité des salaires, la seule impossibilité d'obtenir une amélioration particulière du travail le plus intelligent et le plus soutenu ferait nécessairement des paresseux de tous les hommes, et les condamnerait, d'ailleurs, à l'horrible supplice de renoncer aux douces illusions de l'espérance qui font le charme de la vie et consolent des douleurs présentes.

En nous occupant du socialisme en général, nous avons été amenés par la nature des choses à développer d'avance les résultats inévitables du communisme sous le rapport de la somme totale des productions de la terre ; car ce qui est vrai pour le socialisme dans la plus large acception de ce mot, est nécessairement vrai pour le communisme, tant il sont près de se confondre, si même il existe entre eux une différence. Dans l'un et l'autre système, en effet, tous les travaux devant être exécutés dans un intérêt commun, chaque citoyen se verrait nécessairement imposer une condition sociale avec les attributions qui en dépendent : il faudrait, en un mot, que, arbitre absolu des destinées, l'Etat fut chargé de la distribution du travail et de celle des produits. Or, nous croyons avoir démontré que, mécontents d'une position qu'ils n'auraient pas eu la liberté de choisir, sans cesse en révolte contre elle et blessés dans leur amour propre, la plupart des hommes se croiraientaussi lésés dans leurs intérêts ; que, laborieux quand leur travail doit ajouter à leur bien-être, le courage les abandonne s'ils ne peuvent attendre aucun avantage particulier de leur zèle et de leurs efforts ; enfin, que la fertilité du sol étant toujours proportionnée à la culture qu'il reçoit, et l'ardeur au travail ne pouvant naître que de la certitude de recueillir, que de l'espoir d'un bénéfice particulier, on en viendrait à ne pas récolter la quantité de denrées alimentaires nécessaire à la nourriture de tous, si les travaux étaient exécutés dans un intérêt commun, parce que chacun, vaincu par le découragement et comptant d'ailleurs sur le travail d'autrui, céderait personnellement à la plus funeste apathie.

Ainsi le découragement, la paresse et la misère seraient la conséquence fatale du communisme : et, qu'on ne s'y trompe pas, tout cela est profondément vrai et ne pourrait cesser de l'être qu'avec la modification de nos instincts ; mais cette modification dans la proportion nécessaire serait un miracle qu'on ne pourrait attendre que de Dieu.

Les avantages matériels de l'association sont trop manifestes pour qu'on puisse avoir la pensée de les nier : il sont, du reste, non moins incontestés qu'incontestables : nous avons, pour les prouver, l'exemple de l'armée et celui des communautés religieuses : il faut remarquer, toutefois, que l'effet de ces associations n'est pas d'augmenter la somme générale des produits, mais seulement de réduire la dépense de tous par l'effet de la vie commune. Les soldats vivent assez bien et à peu de frais par cela seul que, faisant un seul ordinaire pour un grand nombre, la somme des dépenses est nécessairement moindre ; mais il n'ont rien à espérer ni à craindre de l'avenir, sous le rapport du bien-être général qui ne peut ni augmenter, ni diminuer, car ils reçoivent une solde fixe et ne travaillent qu'exceptionnellement dans un intérêt tout individuel.

Les communautés religieuses marchent, au contraire, incessamment vers une amélioration à laquelle leur destruction seule peut mettre un terme; mais cela tient à des considérations particulières qui ne pourraient se rencontrer dans le communisme: si leur fortune n'a jamais cessé d'augmenter, ce n'est pas non plus à raison d'un accroissement dans le chiffre de leurs produits ; c'est, d'une part, parce que dépensant peu, encore par l'effet de la vie commune, elles arrivent promptement à réaliser des économies qui ajoutent successivement à la richesse et au bien-être de la communauté; d'autre part, parce qu'il y entre sans cesse de nouveaux capitaux acquis irrévocablement à la communauté qui ne rend jamais rien de ce qu'elle a reçu. Chaque membre de l'association fournit une dot quelconque perdue pour le monde. Supposons un couvent composé de quarante religieux, apportant chacun mille francs, il aura 40,000 francs à sa fondation. Si, perdant un membre par an, il le remplace par un nouvel adepte, le capital, augmentant chaque année de 1,000 francs, sera de 140,000 francs, après un siècle, de 240,000 francs après deux siècles, etc., non compris les économies résultant bientôt du superflu des rentes et d'autant plus considérables qu'elles seront facilitées par la vie commune. Cette augmentation dans la fortune de la communauté ne peut avoir d'autre terme que celui de la dissolution de l'association elle-même. Cette association emploie naturellement ses immenses capitaux en maisons, en terres, en immeubles enfin, et l'on peut voir par cet aperçu qu'un certain nombre de communautés religieuses en viendraient à posséder, dans un temps donné, le sol entier du monde si, de temps à autre, il ne survenait des révolutions pour les disperser.

Une association volontaire d'un certain nombre de laïques n'offrirait certes pas tous les avantages inhérents aux sociétés religieuses. Et d'abord, le capital social de celles-ci s'accroît incessamment de la dot apportée par chaque nouveau membre, sans que le nombre de ces membres augmente lui-même, tandis que les familles se reproduisant dans une société laïque, on ne pourrait admettre de nouveaux sociétaires avec de nouveaux capitaux sans qu'il y eût dans le nombre des membres une augmentation proportionnée à celle du capital de l'association. Ainsi l'avoir total ne changerait pas, en vertu de la règle inexorable des proportions; car il est évident que, sous le rapport du capital, quatre familles ne sont pas plus riches avec 40,000 francs, que deux familles avec 20,000. La société ne profiterait donc que de l'économie devant résulter nécessairement de la vie commune.

Il faut remarquer ensuite que si l'harmonie se maintient, du moins en apparence, dans les communautés religieuses, cela tient aux sentiments religieux, à l'abnégation des moines, et surtout aux règles de leur ordre et à l'obéissance passive, à défaut de vocation religieuse et d'abnégation, et que, ces conditions n'existant pas dans une association laïque, il serait peu probable de voir un accord parfait régner entre tous ses membres. Mais, enfin, cette harmonie n'est pas rigoureusement impossible peut-être entre un petit nombre d'individus et, si elle existait, chacun pourrait comprendre qu'il est de son intérêt particulier de travailler consciencieusement dans l'intérêt commun, parce qu'il profiterait personnellement de l'amélioration du bien-être général et qu'ayant sa part dans l'accroissement du fonds ou plutôt des revenus communs, cette part profiterait elle-même à ses enfants.

Alors, quoique sur une échelle beaucoup plus restreinte que celles sur lesquelles les conditions particulières de leur constitution permettent aux communautés religieuses d'opérer, une association de laïques pourrait aussi, par une augmentation dans la somme des produits et par la réduction dans le chiffre de la dépense résultant de la vie commune, réaliser des bénéfices qu'elle transformerait en propriétés. Mais ce n'est qu'au milieu de notre société actuelle qu'elle pourrait avantageusement se mouvoir. La surface de la terre est une; elle n'est pas élastique: elle peut changer de mains mais non se dilater au gré des communistes et s'étendre comme la pâte sous le rouleau. Une communauté religieuse ou laïque ne trouve à acheter une terre que parce que quelqu'un a besoin de la vendre: en d'autres termes, on ne gagne que parce qu'un autre perd; on ne peut s'enrichir en propriétés qu'aux dépens de ceux qui se ruinent.

Mais si la France entière était communiste, qui se chargerait de maintenir l'harmonie entre tous les sociétaires? Arrivons cependant aux dernières limites des concesions, supposons la possibilité de cette harmonie, de la plus parfaite entente cordiale; admettons même que l'égoïsme fut un vice inconnu dans la société nouvelle et que, chacun travaillant avec ardeur dans l'intérêt commun, on eût une plus grande somme de produits et qu'on pût réaliser des économies. Qu'en ferait-on ?.... L'associatiou pourrait-elle les employer? Songerait-elle à acheter ? Mais acheter, quoi?.... Puisqu'elle posséderait déjà tout.

Il y aurait donc impossibité d'accroître la fortune publique, quant au capital immobilier, et le communisme ne pourrait offrir des avantages qu'autant que, au moyen de l'accord parfait et du travail consciencieux de tous ses membres, il donnerait une somme de produits supérieure à celle que fournit notre société actuelle ; mais il est évident et nous avons surabondammont démontré qu'il aurait inévitablement des résultats contraires, en faisant disparaître l'intérêt individuel qui est le plus grand pour ne pas dire l'unique stimulant du travail. Ainsi, pratiqué par une nation tout entière, le communisme aurait tous les inconvénients des associations, sans en offrir les avantages, puisqu'il ne pourrait manquer d'entrainer la discorde, la paresse et la misère.

On voit qu'au lieu de chercher à faire un trop grand nombre de prosélytes, les communistes devraient inventer la société actuelle, si elle n'existait pas, puisque ce n'est qu'en fonctionnant au milieu d'elle qu'ils peuvent espérer un profit de l'application de leurs théories. M. Cabet l'a, du reste, fort bien compris : il est à regretter seulement qu'au lieu d'aller chercher une contrée lointaine et de s'exposer aux graves reproches de ceux qui, n'ayant pas le courage de subir jusqu'au bout les épreuves auxquelles devait les soumettre leur foi nouvelle, croient ne trouver que de cruelles déceptions en Icarie, il n'ait pas songé à fonder un établissement en France. Au moyen des capitaux fournis par ses nombreux adeptes, il aurait aisément trouvé, ce nous semble, quelque belle et grande propriété qu'il leur aurait fait cultiver en commun. Alors au moins ceux que la foi aurait abandonnés auraient pu rentrer aisément dans l'ancienne société : ils n'auraient eu ni à souffrir des maladies occasionnées par un changement de climat, ni à se préoccuper des dangers et des difficultés du retour.

Nous n'avons, du reste, envisagé jusqu'à ce moment le résultat des associations que sous une seule face, celle des avantages matériels qu'on peut en attendre, dans des circonstances déterminées ; mais il importe de faire remarquer qu'à côté de ces avantages, elles présentent, à un autre point de vue, de bien graves inconvénients, indépendamment de ceux que nous avons déjà signalés, notamment de l'impuissance où elles mettent l'homme d'améliorer sa position particulière et celle de ses enfants, sans cesser d'en éprouver le désir.

L'association, en effet, supprime où altère à la fois l'esprit de famille, qui fait la moralité des nations, et la vie d'intérieur dans laquelle nous trouvons le bonheur le plus certain et le plus pur qu'il nous soit donné de goûter sur la terre. L'homme a besoin de son *chez soi*: ce n'est que dans l'intimité du foyer domestique qu'il peut librement s'abandonner aux douces et saintes affections de la famille : ce n'est que là qu'il peut se livrer aux épanchements du bonheur ou de la tristesse, et trouver des cœurs toujours disposés à participer sincèrement à ses joies et à ses douleurs. Qu'on nous permette de croire que la perte de pareils biens ne serait jamais compensée par les plus grandes merveilles qu'on puisse demander à l'association ; que jamais, enfin, une plus grande somme de bien-être matériel, quelle qu'elle fut, ne dédommagerait personne de la privation des plus pures jouissances du cœur que l'on peut hardiment considérer comme l'un des besoins les plus impérieux de la nature.

Résumons-nous : fatales à l'esprit de famille, à la moralité publique et au bonheur domestique, des associations volontaires d'un certain nombre de familles habitant, vivant et travaillant en commun, seraient matériellement avantageuses pour les sociétaires tant qu'il n'y aurait pas entr'eux de mésintelligence ; mais le communisme mis en pratique sur une vaste échelle est la négation la plus complète de la liberté, car l'homme qui n'aura jamais le droit de dire, *ceci est à moi,* je puis en disposer comme il me plaît ; qui, semblable à une bête de somme, subira l'éternel esclavage d'une nature de travail imposée, ne saurait être regardé comme un homme libre ;

Il est la négation du bonheur, car nous ne saurions être heureux si, quels que soient nos efforts, notre position particulière et celle de nos enfants n'ont aucune chance de s'améliorer, si nous sommes privés des saintes joies de la famille au coin du foyer domestique ;

Il est la négation de la fraternité, car si le bonheur, épanouissant le cœur humain et rayonnant dans un cercle plus ou moins vaste, inspire les nobles pensées et les sentiments généreux, l'infortune aigrit assez le caractère, pour que le malheureux ne balbutie le mot fraternité que le cœur dévoré par la haine et l'envie ;

Il ne pourrait enfin donner l'égalité que devant la loi, la misère et la servitude.

LE FOURIÉRISME.

L'école de Fourier, qui a maintenant M. Victor Considérant pour chef et la *Démocratie pacifique* pour organe, diffère à tous égards des autres écoles socialistes, non-seulement parce qu'elle formule nettement ses théories, mais parce que, protestant de son respect pour la famille, elle ne menace pas directement la propriété qu'elle déclare accepter telle qu'elle est sans remonter à son origine. Animée d'un ardent amour de l'humanité, elle croit en assurer le bonheur par une nouvelle organisation sociale dont elle pose les bases ; mais elle ne cherche pas à l'imposer par la violence : elle se borne à faire un appel aux convictions et n'aspire, dit-elle, qu'à obtenir les moyens d'expérimenter son système. Nous n'aurons donc pas à nous occuper du but, que nous voudrions atteindre comme elle, et n'examinerons que les moyens sur lesquels elle compte pour y arriver.

Faisons d'abord humblement notre confession ! Nous avons souvent entrepris la lecture des volumineux ouvrages de Fourier sans avoir jamais le courage de la continuer. Nous devons le peu que nous connaissons des théories du grand maître à une charmante production publiée par M. Hypolite Renaud, sous le titre de *Solidarité*, à un autre livre intitulé *Notions élémentaires de la science sociale de Fourier, par l'auteur de la défense du fouriérisme*, à la lecture d'un certain nombre d'articles de la *Démocratie pacifique* et aux explications chaleureuses de deux amis qui, fervents adeptes du phalanstère, ont parfois essayé de nous convertir à leurs doctrines.

Fourier admet 1° l'attraction comme mobile de la destinée de tous les êtres ;

2° La série comme méthode universelle d'organisation ;

3° L'association comme forme sociale découlant de ces principes, et comme la seule capable de produire, dans les relations humaines, l'harmonie dont ils portent le germe.

Son système repose donc, au matériel, sur l'association du capital, du travail et du talent ; au moral, sur l'association des passions et des caractères, et sur la possibilité de rendre le travail attrayant en donnant une impulsion utile aux passions humaines. Cette théorie doit recevoir son application dans de vastes établissements créés, sous le nom de phalanstères, au moyen de la somme totale des capitaux apportés par les divers membres de l'association qui en seront co-propriétaires dans la proportion de leur mise de fonds; chacun y sera admis avec son avoir, son intelligence, son instruction et ses passions, et travaillera dans l'intérêt commun, dans la mesure de sa volonté, de son aptitude et de ses forces. La répartition des produits sera faite proportionnellement au capital, au travail et au talent. Il y aura des logements et des tables publiques ou particulières, au choix des associés, pour toutes les fortunes et toutes les conditions, et chacun doit y trouver une somme supérieure de bien-être, par le double effet d'une évidente économie dans les dépenses et d'une plus grande somme de production devant résulter d'un travail incessamment varié et exécuté en commun par des groupes fonctionnant sous l'impulsion de leur spécialité, de leurs goûts et de leurs passions. Enfin chaque phalanstère aura ses chefs, comme il y en a dans toutes les sociétés; mais tous tiendront leur position du suffrage universel.

Nous ne parlons pas ici d'une foule de détails dont quelques-uns viendront naturellement se placer sous notre plume, quand nous jetterons un coup-d'œil sur les théories développées dans les deux ouvrages dont nous avons précédemment indiqué le titre; mais avant de nous livrer à ce rapide examen, nous ne pouvons résister au désir de dire quelques mots de M. Considérant.

Parfois, ce chef actuel de l'école phalanstérienne cesse d'être lui-même et nous étonne :

tantôt, calme et modéré, il poursuit pacifiquement, par la voie légale de la discussion, le triomphe des idées de son maître; tantôt, entraîné par son amour de l'humanité ou par l'enthousiasme de sa foi, il peint notre société avec des couleurs tellement sombres et la menace d'une si épouvantable catastrophe, qu'il effraye l'esprit en attristant le cœur; mais on ne tarde pas à se rassurer en reconnaissant que, s'il y a du vrai dans les descriptions de M. Considérant, l'exagération l'emporte heureusement sur la vérité, et que l'infaillibilité de ce publiciste n'est pas encore assez bien constatée pour justifier les craintes que pourraient inspirer ses prédictions. Ainsi, quand on a lu le début de son ouvrage intitulé *le socialisme devant le vieux monde ou le vivant devant les morts,* on a presque besoin de se rappeler que, d'après sa déclaration solennelle à la tribune, les deux grands principes de la famille et de la propriété sont acceptés par l'école à laquelle il appartient et que ses écrits l'ont d'ailleurs posé souvent comme l'un des antagonistes les plus redoutables de M. Proudhon, pour ne pas craindre qu'il ne se soit rapproché des idées de ce dernier, tant il y a d'énergie pour ne pas dire de violence dans son style et d'exagération dans ses tableaux. Si les doctrines phalanstériennes et les développements contenus dans le reste de son ouvrage permettaient de s'arrêter à cette pensée, on croirait qu'il a voulu dire qu'il n'y aura ni liberté, ni égalité, ni fraternité sur la terre, tant qu'on y verra des riches et des pauvres, des propriétaires et des prolétaires, des bourgeois et des ouvriers. Autant vaudrait énoncer, ce nous semble, que la liberté ne fera sa première apparition dans le monde que lorsqu'il sera permis à ceux qui n'ont rien de dépouiller ceux qui possèdent; car, par cela seul qu'il y aura toujours des inégalités physiques et intellectuelles, il y aura toujours aussi des inégalités de fortune et de condition. Cette conséquence forcée étant admise par l'école sociétaire elle-même, comment interpréter la pensée de M. Considérant autrement que nous l'avons fait.

Selon ce publiciste, si nous l'avions bien compris, la liberté ne peut exister qu'avec une égalité parfaite entre tous les citoyens et le socialisme, basé sur le système de Fourier, peut seul donner l'une et l'autre. Rien au monde, à coup sûr, n'est plus irréalisable qu'une telle promesse : nous y aurons foi, cependant, si M. Considérant parvient à prouver qu'on ne porte aucune atteinte à la liberté, même en privant l'homme du droit d'user de ses facultés physiques ou intellectuelles pour s'élever au-dessus du niveau commun, ou si, concédant ce droit, il démontre que son usage ne détruit pas l'égalité.

L'idée d'une égalité parfaite, ce levier puissant à l'aide duquel on passionne et soulève les masses est la plus inconcevable des chimères : jamais elle n'aura d'accès dans l'esprit d'un homme de sens, et jamais elle ne sera prônée par un homme de bonne foi. Elle a servi et servira souvent de prétexte, mais ne saurait être un but réel, car l'égalité matérielle ou intellectuelle étant impossible, ce but n'existe même pas. On peut déplacer les fortunes, intervertir les positions, transformer la société, mais il y aura toujours des inégalités de toute nature. Ceux qui sont haut placés ne pourraient être abaissés sans que d'autres s'élevassent à leur place. Ce ne serait après tout qu'un système de bascule, et tout se réduirait à la question de savoir si les nouveaux favoris de la fortune et les nouveaux dépositaires de la puissance vaudraient mieux que ceux auxquels ils auraient succédé.

Honnêtes gens de toutes les opinions et de tous

les partis, ne vous laissez pas égarer par les rêves insensés de quelques hommes qui, cachant leur ambition sous le masque attrayant d'une généreuse philanthropie, pourraient bien ne viser qu'à la domination, dut la ruine de notre belle France leur servir de piédestal. Ne demandez la fortune et votre élévation qu'à l'intelligence, à l'instruction, à la conduite, au travail et à l'épargne, et n'oubliez jamais que les positions lentement acquises, au prix d'un noble et courageux labeur, sont les plus honorables et les plus sûres.

Quand on lit la partie du travail de M. Considérant dont nous nous occupons, on a de la peine à comprendre ce publiciste et surtout à le reconnaître pour un disciple de Fourier, car on ne saurait concilier l'extension qu'il donne à la liberté et à l'égalité avec un système d'après lequel chacun, apportant son avoir au phalanstère, en reste propriétaire et reçoit sa part des produits communs proportionnellement à son capital, à son travail et à son talent: ou, si M. Considérant ne répudie pas ces principes, comment faut-il donc entendre la liberté et l'égalité? Fera-t-on jamais qu'entrant au phalanstère avec ses bras, un prolétaire soit l'égal de celui qui y arrive avec des millions? Le premier ne sera-t-il pas toujours forcé de travailler pour vivre, tandis que le second, trouvant une magnifique existence dans l'immense produit de son capital, et se bornant à ce produit, si ses penchants l'éloignent du travail, aura le droit, les moyens, la liberté de ne rien faire refusée au premier par son humble position? Ces deux hommes seront-ils jamais parfaitement égaux et libres? Au phalanstère même, où l'on fonctionnera par groupes, en variant les travaux divers au moyen d'heures spéciales consacrées à chacun d'eux, le travailleur sera-t-il libre? Cette obligation de changer de travail à heure fixe n'est-elle pas elle-même la négation du libre arbitre et par conséquent de la liberté? Qui de nous n'a pas éprouvé cent fois la contrariété la plus vive, en se voyant accidentellement forcé à interrompre un travail qu'il ne voulait abandonner qu'après l'avoir terminé ou conduit à des limites qu'il s'était posées? Au moins, dans notre société actuelle, la classe la plus nombreuse de toutes, celle des agriculteurs, peut se regarder comme libre : l'homme qui cultive son champ s'occupe comme bon lui semble : il n'est obligé ni de continuer un travail pendant un temps déterminé, ni de le quitter malgré lui au moment où sonne une heure quelconque. Il obéit le plus souvent à la loi rigoureuse de la nécessité, nous le savons ; mais, bien qu'il soit réellement enchaîné par cette loi, il n'est blessé ni dans son amour propre, ni dans sa volonté, car il conserve son libre arbitre : il le sait ; il le sent : il a toujours la satisfaction de pouvoir se dire qu'aucune atteinte n'est portée à sa liberté ; qu'il a le droit de ne pas faire ce qu'il fait ; que nulle règle, nulle puissance autre que sa volonté ne régit ses actions du moment.

Mais revenons au système de Fourier, à la théorie de l'harmonie universelle, ou plutôt aux deux ouvrages dans lesquels nous en avons puisé quelques notions, et disons avant tout que nous les avons lus avec un véritable plaisir comme chefs-d'œuvre d'imagination, d'esprit et de style, mais sans que cette lecture ait ébranlé nos convictions.

Le premier chapitre de *Solidarité* n'est qu'un traité de métaphysique, dans lequel M. Renaud formule ses opinions comme tant d'autres ont exprimé les leurs avant lui : il ne s'agit point d'une science exacte pour laquelle la contradiction n'est pas possible. En métaphysique, tout est obscur, incertain et vague : il y a des présomptions, des opinions, des raisonnements plus ou moins logiques pour faire admettre des théories plus ou moins rationnelles et chacun, naturellement enthousiaste des siennes, les donne et compte les faire accepter comme les plus probables ; mais ce sont toujours de simples hypothèses et il n'y a jamais ni démonstrations, ni faits. L'auteur de *Solidarité* a-t-il raison? A-t-il tort? Nous l'ignorons et n'essayerons pas d'en décider avec d'autant plus de raison que, si nous osions nous prononcer, notre prétendue décision ne serait que l'adoption de l'une des opinions contradictoires entre lesquelles nous aurions à choisir et dont rien ne peut démontrer la justesse. Le premier chapitre de *Solidarité* n'est donc qu'un œuvre d'esprit remarquable, peut-être, mais ne prouve rien, sinon que la France compte un philosophe de plus.

Ces observations peuvent s'appliquer en partie à l'introduction et au premier chapitre des *Notions élementaires de la science sociale de Fourier*.

Arrivons donc au fond de ces ouvrages. Toute la théorie de la régénération sociale rêvée par les enthousiastes enrôlés sous la bannière de Fourier repose sur cette idée tirée du principe de l'attraction, que, pour que tout soit au mieux, il suffit d'imprimer une direction utile aux passions humaines, c'est-à-dire que, pour que chacun remplisse sa tâche sociale avec plaisir pour lui et profit pour tous, il n'y a qu'à lui assigner un travail analogue à sa passion dominante, ou tout au moins au mobile qui a sur lui le plus d'empire. Jusque-là c'est fort bien : la théorie professée est fort belle et les raisonnements eux-mêmes seraient justes si la base l'était. Mais on ne peut bâtir solidement sur un sol mouvant : pour que les déductions qu'on tire d'un principe soient vraies, il faut que ce principe soit vrai lui-même.

Nul génie ne saurait obtenir des conséquences eexactes d'un principe faux, et telle est, à nos yeux l'idée qu'une direction convenable imprimée aux passions humaines est un moyen certain de constituer une société nouvelle éminemment supérieure à l'ancienne.

Et d'abord entendons nous sur le mot *Passion!* Fourier en donne une définition qu'il est difficile d'accepter. Voici par quel enchaînement d'idées il y arrive.

« 1°. Les attractions sont proportionnelles aux « destinées ; »

« 2°. La série distribue les harmonies. »

Ces deux maximes peuvent être fort belles, mais elles ne perdraient rien de leur prix s'il était moins difficile aux profanes de les bien comprendre. Continuons de citer.

« L'attraction régit tout: elle existe chez les « animaux, et prend chez les hommes le nom de « *Passion.* »

« Les passions humaines sont pour nous les « forces primitives et naturelles auxquelles est « due l'activité libre et spontannée de l'être hu- « main : tous les mobiles d'activité résident dans « les passions. En harmonisant les lois du travail « avec les développements de la passion, le « plaisir jaillit du devoir. »

« Tous les attraits sont *bons.* »

« Ce qui caractérise sur tout la passion norma- « lement étudiée, c'est de pousser instincti- « vement l'être à son but, *sans considération* « *des obstacles.*

Arrêtons-nous là, car la définition est complète. D'accord avec Fourier sur le caractère de la passion, nous distinguons entre ses effets. L'attrait est bon si le but est grand et noble, et si, pour l'atteindre, nous ne causons de préjudice à personne ; mais si le but est pervers, si nous ne pouvons briser un seul des obstacles qui nous en séparent, sans commettre une mauvaise action et peut-être un crime, l'attraction qui nous y pousse sera-t-elle bonne ?

Poser une telle question c'est la résoudre.

Et cependant en admettant la définition de Fourier, il faudrait y donner une solution contraire à celle inspirée par la conscience. En effet, si attraits et passions sont synonimes et si tous les attraits sont bons, la passion qui pousse instinctivement l'homme vers un but quelconque sans considération des obstacles est un sentiment légitime : l'homme est dans son droit en écartant dédaigneusement ou en écrasant les obstacles qu'il rencontre. Tant pis pour qui se trouve sur son chemin ! Ainsi nulle action n'est répréhensible. Jetons donc au feu nos livres de morale et nos lois pénales, car il n'y a ni crimes ni délits.

Serait-il possible de formuler de tels principes sans outrager audacieusement les saintes lois de la morale. Ils n'étaient pas dans la pensée de Fourier sans doute ; mais ils découlent fatalement des citations que nous avons faites.

Laissons donc ses disciples s'égarer dans le monde illimité des chimères et rentrons modestement sur le prosaïque terrain de la réalité. Nous n'avons jamais pensé qu'on put définir par le mot *Passion* autre chose que l'exaltation d'un sentiment impétueux et désordonné, tel que l'amour, le jeu, le vin, la haine, la jalousie, la gloire, l'ambition, l'envie, la vengeance, etc. Nous croyons que c'est un non sens, n'en déplaise à l'explication donnée par les fourièristes, que de l'appliquer à la simple prédisposition d'un individu pour un travail préférablement à un autre. Les hommes aimant passionnément leur état sont des exceptions aux règles générales de la nature, qui ne nous permettent guère de nous exalter que pour ce qui exerce un empire énergique sur nos sentiments ou sur nos sens. On prend donc l'exception pour la règle en supposant à tous les hommes l'attrait que le travail peut avoir pour quelques-uns, dans certains cas.

Nous admettons avec l'école sociétaire que certaines passions, telles que celles de la gloire, de l'ambition, de l'amour même, peuvent avoir des résultats féconds et parfois enfanter des prodiges en inspirant de nobles sentiments, en disposant aux belles actions; mais l'effet des autres, quand un frein solide ne les contient pas, est de mener au moins à tous les excès de l'inconduite et de la débauche, quand elles n'entrainent pas jusqu'au crime.

Dans notre pensée, nous l'avons déjà dit, les fourièristes donnent au mot passion une extension beaucoup trop large. Méconnaître que le travail soit une passion pour quelques intelligences d'élite serait nier l'existence du génie; mais peu d'hommes aiment le travail pour le travail: bien évidemment, il ne sera jamais un objet de passion pour tout le monde et nous n'en viendrons pas à pouvoir rayer le mot *paresse* de notre vocabulaire. Le travail, nous le répétons, est une passion pour un certain nombre: On trouve des hommes passionnés pour les lettres, pour les sciences, pour l'agriculture ou pour les arts; mais croit-on que ces derniers auront la passion des travaux pénibles et vulgaires? Nous ne saurions partager cette opinion. L'homme passionné pour les arts mécaniques, par exemple, s'occupera avec ardeur, avec passion d'inventions et de perfectionnements: il aura le génie de son art et travaillera de l'intelligence; mais les ouvriers de son atelier n'auront pas plus de passion ni peut-être même de goût pour leur état que pour un autre et ils travailleront, parce que le travail est une condition, une nécessité de la vie. Ils pourraient avoir une prédisposition, une aptitude pour un travail quelconque, mais une prédisposition n'est pas une passion, et le travail ne peut devenir passion que pour les hommes qui ont soif de science et pour les intelligences supérieures qui possèdent le génie qui crée. Si l'on admet que tous les hommes ont ce génie, l'on tombe dans le système ridicule de Jacotot, qui veut que toutes les intelligences soient égales, systême auquel les faits donnent à chaque instant et partout un éclatant démenti. Il y a plus ; si tous les hommes possédaient le véritable génie créateur, ce serait un grand mal social, car nul d'entre eux ne voudrait faire les travaux vulgaires de son état, et, s'il s'y détermirait par raison et nécessité, au lieu de trouver dans son travail, si non une source de jouissances, au moins un remède contre l'ennui du désœuvrement, il accomplirait seulement un acte de douloureuse résignation et succomberait bientôt sous le double poids de la peine et du dégoût, puisqu'aux fatigues physiques se réunirait la gène odieuse imposée à son intelligence.

Ce raisonnement s'applique évidemment à l'agriculteur passionné pour son art : il n'aura certainement pas la passion de manier la charrue ou la houe, comme un automate, sous l'ardeur d'un soleil de 30 à 40 dégrès ; mais bien et uniquement celle des améliorations, celle des combinaisons les plus favorables aux productions périodiques de la terre, celle de la direction d'une foule de travaux attrayants sans doute pour celui qui peut se reposer quand il est las, en accomplissant encore par l'intelligence, dans ses moments de repos, des travaux bien autrement importants que ceux tout-à-fait mécaniques d'un ouvrier ; mais nous ne croyons pas qu'en travaillant, de simples manouvriers obéissent aux lois de l'attraction appliquées à autre chose qu'au salaire. Nul d'entre eux n'est passionné pour son état et tel qui le deviendrait serait fort à plaindre, s'il restait manouvrier, car la conscience de sa valeur morale mettrait son cœur en révolte permanente contre la gène imposée à l'essor de sa pensée. Au reste, il faut nécessairement que, dans une société, tous les travaux nécessaires à son existence s'accomplissent et il est des professions telles que, loin de pouvoir inspirer la passion, il faut absolument l'idée des bénéfices qu'elles donnent pour faire surmonter à quelques hommes cupides les répugnances qu'elles inspirent à tous. Après avoir cité celles de vidangeur et de balayeur de rues, parce que les premières elles se présentent à notre pensée, nous pourrions parler des malheureux condamnés à travailler dans l'eau et des nombreuses et trop fatales industries qui, inoculant le poison dans les veines de ceux qui les exercent, tarissent promptement en eux toutes les sources de la vie. Nous dira-t-on que ce ne sont que des exceptions ? Soit; mais un système est renversé tout entier quand il n'y a pas harmonie parfaite dans son ensemble et de nombreuses exceptions ne peuvent manquer d'en détruire l'harmonie générale.

Fourier n'a pu s'empêcher d'admettre lui-même des exceptions et de reconnaître qu'il est des natures de fonctions qu'il faudra nécessairement rétribuer mieux que les autres, pour déterminer des individus à les remplir. Le voilà donc revenant à la grande route, quand un embarras se présente sur le chemin de traverse dans lequel il s'est engagé. Mais que devient son système après un tel aveu ? N'est-il pas évident que la puissance d'attraction qu'il attribue au travail ne réside que dans le salaire ? Il est donc condamné par l'évidence à revenir, dans certains cas, à l'opinion commune, c'est-à-dire à la réalité, et ne diffère de la nôtre qu'en ce qu'il admet comme exception, ce qui nous paraît être la règle et, comme régle, ce que nous considérons comme une exception. Si nous sommes dans le vrai, comme nous ne saurions en douter, nous avons eu raison de dire que la théorie de Fourier, fondée sur l'attraction, ne pouvait se tenir debout, faute de base, parceque, ainsi que nous croyons l'avoir démontré, le travail ne peut être une passion que pour un petit nombre et dans des cas particuliers, et qu'il faut rendre au salaire, auquel elle appartient, la force d'attraction qu'il a cru pouvoir attribuer au travail.

Un mot à présent des passions véritables! Loin de songer à les maîtriser, les fourièristes ont la double prétention de les satisfaire et de les utiliser en les dirigeant. Nous leur souhaitons un plein succès sans y croire, car notre raison se révolte contre l'idée qu'il soit possible d'imprimer une direction utile à des passions violentes et funestes qui sont le danger et l'effroi de la société, à des passions qui entraînent le malheureux qu'elles asservissent vers un but infame, *en renversant tous les obstacles qui l'en séparent.*

Quels moyens auront-ils de satisfaire et d'utiliser à la fois même des passions moins redoutables? On pourrait bien trouver pour l'ivrogne des occupations analogues à sa passion en le chargeant de soigner les vignes et la cave: cela aurait pourtant aussi son inconvénient et son danger. La tentation serait irrésistible à la cave, et l'homme en état permanent d'ivresse est un triste ouvrier pour la vigne. Mais que ferait-on des hommes passionnés pour l'amour, des joueurs forcenés, des gourmands, etc. Imposerait-on aux premiers l'obligation de se livrer incessament à tous les excès du libertinage et de la luxure; aux seconds, celle de passer leur vie au jeu; aux derniers celle de ne jamais quitter une bonne table au mépris des indigestions? On conviendra que ce seraient de bien singulières occupations et nous ne comprenons guère de quelle utilité elles pourraient être dans un état social auquel chacun doit apporter le tribut de son travail.

Mais trève à la plaisanterie ; rentrons sérieusement dans la discussion.

Il est un fait malheureusement incontestable, parce qu'il émane d'un sentiment bien naturel, c'est que ceux qui souffrent ne cesseront jamais d'envier la position des heureux de la terre. Loin d'éteindre ce sentiment, la réunion dans un phalanstère d'une foule d'individus dont la fortune, l'éducation, le caractère et les habitudes diffèrent essentiellement, serait le plus énergique aliment de l'envie que le pauvre ne peut s'empêcher de porter au riche, parce que leurs positions seraient en contact direct et permanent, et que les différences seraient bien autrement sensibles que dans notre état social actuel. Le bien être matériel mais relatif dont pourrait jouir le prolétaire ne suffirait pas pour le consoler : il n'en serait pas moins blessé à l'aspect des jouissances dont serait comblé l'heureux capitaliste dans sa constante oisiveté. Le grand problème à résoudre et dont la solution est introuvable, c'est le maintien de l'harmonie dans une grande agglomération d'individus de caractère et d'intérêts différents, quoiqu'on en dise ; car, tant que les fortunes seront inégales, les jouissances le seront aussi, et chaque individu, regardant au-dessus de lui, quelque soit le rang qu'il occupe, enviera celles qui n'aura pas les moyens de se procurer. Or, on ne parviendra pas à passer le niveau sur les fortunes tant qu'il y aura des inégalités d'intelligence, d'instruction, de force, d'adresse, de conduite, d'ordre et d'économie, et ces inégalités ne peuvent pas cesser d'exister parce qu'elles sont inhérentes à notre nature. Au reste, comment l'harmonie existerait-elle dans un phalanstère quand, malgré les liens puissants du sang, on la voit si rarement se maintenir dans une même famille vivant et travaillant ensemble dans un intérêt commun, alors même qu'aucun de ses membres n'a rien à envier aux autres, tous participant au produit du travail commun dans une égale proportion.

La répartition des produits à titre de salaire du travail serait un sujet permanent de discorde dans un phalanstère : elle devrait être faite à raison de 4/12 pour le capital, 5/12 pour le travail, et 3/12 pour le talent. Quant au capital, sa part étant déterminée, la distribution proportionnelle entre les ayants droit ne présenterait aucune difficulté ; mais il en serait autrement de la part du travail, c'est-à-dire, de la distribution du salaire à laquelle on n'arrive qu'au moyen des combinaisons les plus compliquées.

On divise les travaux en trois classes : 1° de nécessité ; 2° d'utilité ; 3° d'agrément. Les premiers sont payés plus que les seconds et ceux-ci plus que les troisièmes ; puis, dans chaque classe, on partage entre les grandes séries dont chacune répartit à son tour le lot qui lui est attribué entre les séries inférieures, de genres et d'espèces, et entre les groupes : enfin, chaque groupe procède à la répartition de son lot entre les travailleurs qui le composent, au vu d'un registre ouvert dans chaque atelier et constatant chaque jour, chaque semaine, chaque mois, le temps consacré par chacun au travail, ou bien la somme de travaux accomplis. La grande erreur de la plupart des novateurs est de créer d'abord un monde imaginaire, puis d'élever leur édifice sur cette base chimérique. La combinaison indiquée par Fourier réussirait peut-être si tous les hommes étaient parfaits ; mais on ne peut voir en eux que ce qu'ils sont. Nul n'est bon juge dans sa propre cause : nous exagérons tous à nos yeux nos qualités en dissimulant avec soin nos défauts. Ce sentiment est inhérent au cœur de tous les individus. En trouverait-on beaucoup qui se rendissent assez de justice pour ne pas se croire, dans la répartition des salaires, des droits au moins égaux, si non supérieurs, à ceux du plus grand nombre? Qui reconnaîtrait l'exactitude du compte ouvert? Chacun ne serait-il pas disposé à jeter le reproche de partialité à la face du malheureux condamné à le tenir, et à l'accuser de favoriser les autres à son détriment?

Ce serait pis peut-être pour la répartition de de la part attribuée au talent, car c'est alors qu'on aurait à lutter contre les susceptibilités les plus irritables.

« Le pouvoir doit reposer sur la volonté générale, mais limité à une fonction, et tout citoyen est à la fois électeur et éligible » a dit Fourier; c'est, on le voit, le système électoral avec le suffrage universel appliqué à tout. Ce système est attrayant et rationnel, nous en convenons; mais quel homme n'a pas assez d'expérience pour reconnaître que ses effets sont loin encore de répondre à la magnificence de sa théorie. Dans un phalanstère, où il aurait si souvent à fonctionner pour la nomination à un nombre infini de grades et d'emplois, que de passions, de désirs et d'ambitions il mettrait en jeu! Tous les hommes brûlent d'envie d'être quelque chose. L domination a plus d'attraits que l'obéissance et chacun, aveuglé par son amour propre, se croit digne de commander parce qu'il en a le désir. Pourquoi Pierre plutôt que Paul? pourquoi Jacques plutôt qu'Antoine? Qui voudrait reconnaître son infériorité en connaissances, en talents, en services rendus à la société? Ce que nous disons de quelques-uns s'appliquerait évidemment au plus grand nombre des membres de la commune sociétaire, eu égard à leurs positions respectives. Et que d'intrigues et de mauvais choix! que d'ambitions trompées! que de haines excitées!

On veut que, dans un phalanstère, on n'admette pas de sexe pour les enfants même quand ils ont déja quinze ou seize ans. Comment qualifier cette idée? Peut-être y a-t-il de l'indulgence à la dire seulement excentrique, tant nous doutons que son application fût un progrès pour les mœurs.

Les enfants ne devraient pas rester sous les yeux de leurs mères à qui l'on conserverait cependant le droit de les allaiter, en se rendant à cet effet dans le local spécial qui leur serait destiné. Ils seraient élevés et soignés en commun sans distinction de sexe, comme nous venons de le dire, par des personnes spécialement préposées à cet emploi. Mais qui pourra croire que ces soins communs fissent le bonheur de l'enfance? Rien n'est plus égoïste et plus ingrat que les premières années d'un enfant: les soins qu'elles exigent sont, au contraire, minutieux, incessants et souvent dégoûtants: pour se décider à les donner, il faut un sentiment puissant ou l'attrait d'un salaire; il faut être mère ou nourrice. Et, d'ailleurs, les soins qui sont le résultat de l'accomplissement d'un devoir imposé peuvent-ils jamais suppléer à ceux inspirés par l'amour et le dévouement maternels? Nous naissons tous avec des sympathies et des antipathies que nous ne pouvons ni expliquer, ni vaincre, d'où la conséquence qu'il y aurait parmi les enfants soumis à l'éducation commune des privilégiés et des souffre-douleurs. Cela serait d'autant plus inévitable que les enfants sont beaux ou laids, doux ou violents, bons ou méchants, aimables ou maussades; que les qualités, l'intelligence et la beauté plaisent autant que la laideur, les défauts et le vice repoussent, et que les prédilections, l'indifférence et l'aversion seraient par conséquent justifiées dans le plus grand nombre des cas. De là naîtraient sans doute, entre les enfants, des haines implacables peu compatibles avec le maintien de l'harmonie. Il faudrait être bien étranger à la connaissance du cœur humain pour espérer que les individus chargés de la surveillance et de l'éducation des enfants des deux sexes auraient chacun assez d'empire sur lui-meme, pour se maintenir toujours dans des sentiments bien évidents d'impartialité et qu'ils donneraient des témoignages bien égaux d'intérêt et d'attention à l'enfant doué d'une figure agréable et des plus précieuses qualités et à celui dont la laideur et les vices leur inspireraient une invincible répulsion. Les soins donnés par des étrangers ne peuvent donc jamais valoir ceux d'une mère ; car une mère seule peut s'aveugler sur les défauts de ses enfants au point de les transformer parfois en qualités. Ce sentiment d'aveugle amour maternel est dans la nature : il est imprimé au cœur de l'animal le plus féroce comme au cœur humain : c'est Dieu qui l'y a mis et toutes les théories des fouriéristes ne l'en arracheront pas.

Fourier ne respecte pas assez la base sacrée de la famille : jouant en quelque sorte avec le mariage, et ne se bornant pas à permettre le divorce et de nouveaux liens, sans poser de limites à ce principe, il admet en faveur de la femme des droits qui détruiraient la sainteté de l'union conjugale; mais comme l'école actuelle a cru devoir faire à nos mœurs le sacrifice des idées qui leur porteraient une trop rude atteinte, il n'y a plus à s'occuper que des divorces et des nouveaux mariages qui leur succéderaient : nous n'en parlerons même que pour signaler quelques-uns des inconvénients qui en seraient la suite, quoiqu'ils ne soient peut-être pas inattaquables au point de vue de la moralité.

Fourier veut que certains hommes ayent la passion de la constance comme d'autres ont celle du changement : il est permis d'en douter; mais, en supposant que cela fût vrai, il faudrait admettre au moins que l'inconstance est la règle et la constance une exception. On ne peut même s'empêcher de reconnaître que cette disposition à l'inconstance, maintenant un peu contenue par l'opinion, prendrait un essor immense dès le moment qu'admise par de nouvelles mœurs, elle ne serait plus considérée que comme une passion non moins honorable que toute autre et qu'il serait juste et légitime de satisfaire. Dans de pareilles conditions, quelle importance attacherait-on à des engagements qu'il serait si facile de rompre sans que la morale dût en souffrir? Quel homme résisterait un seul instant au penchant par lequel il se sentirait entraîné vers toutes les jolies femmes de la commune? Pourquoi les femmes, sachant combien peu leurs maris tiendraient à elles, ne seraient-elles pas disposées elles-mêmes à en changer? Car toutes les femmes seraient en quelque sorte, pour les hommes, et tous les hommes, pour les femmes, un bien à peu près commun par la facilité et l'espèce de droit qu'on aurait d'y prétendre. Cependant tous les désirs ne sauraient être satisfaits: telle femme ne voudrait pas de tel homme qui la rechercherait et répondrait successivement, en quelques années, aux avances de plusieurs autres. Un homme parfois aussi pourrait bien feindre de ne pas remarquer le penchant qu'une femme aurait pour lui et porter ses hommages aux pieds d'une autre peu disposée à les accepter. Dès lors, que de jalousies forcenées, que de haines implacables, que de vengeances criminelles! Aujourd'hui l'être d'un sexe différent qui nous repousse accomplit toujours un devoir moral; mais, sous le régime de la commune phalanstérienne, il semblerait nous priver d'un droit. On ne saurait donc comparer les deux situations et il serait à craindre que, dans un phalanstère, on ne se fît constamment, sous ce rapport, la guerre la plus acharnée.

Un mariage de quelques mois serait probablement un vieux mariage, et quels seraient alors les pères des enfants? Supposons que, pour la femme, il ne pût y avoir un intervalle moindre de dix mois ou d'un an entre le divorce et un nouveau mariage, chaque femme n'en pourrait pas moins avoir des enfants d'un très grand nombre de maris, et chaque homme d'un nombre de femmes plus grand encore. Bientôt un phalanstère ne serait plus qu'une commune de frères et de cousins, ce qui entraînerait dans les successions un inextricable imbroglio. Ne serait-ce pas marcher indirectement, mais rapidement vers la suppression de la famille et de la propriété, et par conséquent vers l'état sauvage.

Il faut même supposer à Fourier peu de prévoyance pour admettre qu'il ne s'était pas posé cette conséquence comme but, quand on pense à la partie supprimée par l'école actuelle de sa théorie relative à l'union des sexes.

Pour ses rares partisans, le système de Fourier est admirablement combiné et non moins attrayant qu'ingénieux : il n'est, pour les autres, que l'ensemble et le résultat des divagations d'un aliéné, et peut-être y a-t-il du vrai dans ces deux jugements si contradictoires. Quoi qu'il en soit, ce système est entaché d'un défaut capital : il est évidemment impraticable. Nous nous bornons au petit nombre d'observations que nous avons présentées, parce que chaque idée exigerait une réfutation particulière; que, pour les combattre toutes, il faudrait écrire un énorme volume, et que nous n'avons ni assez de temps, ni assez de talent pour en faire un.

Les auteurs auxquels nous devons quelques notions du système phalanstérien ont regardé plusieurs de nos réflexions comme si naturelles, qu'ils se sont efforcés de les réfuter d'avance; mais les arguments qu'ils leur opposent sont, à notre avis, les meilleurs qu'on eût pu présenter avec l'intention d'en démontrer la justesse et de les corroborer.

Il est bien entendu que nous nous sommes occupé de la seule partie du système phalanstérien qui soit à la portée des profanes. L'autre, intelligible seulement pour les hommes profondément initiés à ce système, se compose d'idées et de combinaisons qui ne sont pour nous que les ingénieuses et bizarres hallucinations d'un esprit enthousiaste. Il parait, au surplus, que l'école actuelle, comprenant le ridicule des unes et l'immoralité des autres, s'est décidée à renoncer à la plupart.

Résumons-nous encore ici : génie supérieur pour quelques-uns, Fourier n'est qu'un fou pour un plus grand nombre. Les premiers se fondent, pour l'admirer, sur des conceptions, à leurs yeux, non moins hardies que gigantesques et sur les combinaisons employées pour les mettre en harmonie. L'opinion des derniers, justifiée par une foule d'aberrations si manifestes que l'école phalanstérienne elle-même les répudie, repose sur cette pensée qu'on ne saurait reconnaître le cachet du génie dans un ensemble d'idées qui offensent la raison. La théorie de Fourier, comme celle du communisme, est, d'ailleurs, basée sur un principe que personne n'a jamais consteste, sur les avantages matériels d'un bon système d'association. Il n'y aura jamais dissidence sur ce point entre des hommes de sens et de bonne foi ; mais, d'immenses, pour ne pas dire d'insurmontables difficultés surgiront toujours dans l'application, parce que, violentant notre nature et nos penchants, l'association impose une contrainte morale aux plus chères habitudes, aux besoins les plus impérieux, aux sentiments les plus vifs, les plus profonds et les plus légitimes, ainsi que nous l'avons démontré dans la partie de ce travail relative au communisme.

Disciples de Fourier, les auteurs de *Solidarité* et des *Notions de la science sociale* nous ont naturellement paru trop enthousiastes de leur maître, mais ce n'en sont pas moins deux hommes de mérite : des ouvrages sérieux ont rarement pour le lecteur autant d'attraits que les leurs. Leur style pur et serré et leur dialectique expriment parfaitement l'évidente énergie de leurs convictions, s'ils ne démontrent pas la justesse des théories qu'ils défendent.

Le fouriérisme ou plutôt le système phalanstérien, qui, différent de ceux des autres socialistes, indique au moins franchement le but et les moyens, repose, on l'a vu, sur une fausse base, et présente d'ailleurs des inconvénients qui le rendent impraticable et, cependant, il ne donnerait pas l'égalité mieux que notre état social actuel, par celà seul qu'au phalanstère, il y aurait des chefs et des subordonnés, des riches et des prolétaires, des oisifs et des travailleurs.

Il ne donnerait pas la liberté, car elle ne saurait exister quand, soumis à des règles déterminées pour l'emploi de chaque heure de sa journée, comme dans une communauté religieuse, l'homme ne conserve pas même son libre arbitre.

Donnerait-il au moins la fraternité? Bien moins encore ; car, il faut bien le reconnaître, quelque fâcheux que cela soit, l'amour-propre est l'un des grands vices de notre nature, et chacun, croyant son talent et son travail méconnus, lors de la répartition des produits, envierait le lot d'une foule d'autres auxquels il se croirait égal, si non supérieur : de là des haines invétérées et la discorde, parce que les intérêts blessés et l'amour-propre offensé ne pardonnent pas. Trouverait-on jamais le moyen d'imposer silence à de pareilles susceptibilités justes ou injustes ? Et d'ailleurs, le pauvre et le riche étant constamment en présence, sous le même toit, l'envie que le malheureux porte aux privilégiés de la terre s'enracinerait d'autant plus profondément dans son cœur qu'il en serait plus rapproché.

Penseur sublime ou rêveur insensé, Fourier a émis des idées qui semblent porter en elles le germe de quelques améliorations sociales qu'on pourra voir un jour se réaliser. C'est à lui peuttêre que seront dues les cités ouvrières qu'on a le projet de construire, et la participation des ouvriers du journal *la Presse*, au bénéfice de cette entreprise. Ne négligeons donc pas de profiter de ce qu'il peut y avoir de réellement bon dans son système, après en avoir écarté une foule de détails absurdes ou puérils qui le surchargent et l'obscurcissent; mais, nous le redisons une fois encore, ce système lui-même n'est dans son ensemble qu'un long rêve, et nous ne le croyons pas plus susceptible de résister à l'épreuve que les théories des autres socialistes, dont il diffère surtout en ce qu'après avoir reconnu la famille, il accepte la propriété. Des essais de phalanstère avaient été faits, dit-on, à l'ancienne abbaye de Cîteaux et en Amérique. Que sont-ils devenus? Qu'adviendra-t-il du communisme en Icarie? M. Considérant assure, il est vrai, que les établissements dont nous venons de parler et qu'on lui oppose fréquemment, étaient loin d'avoir été fondés sur le modèle et dans les conditions de ceux auxquels son école donne le nom de phalanstères, et que leur insuccès devait être la conséquence inévitable de l'insuffisance des capitaux dont avaient disposé les fondateurs. Cela peut-être vrai; c'est pour cela, sans doute, que M. Considérant voudrait tenter une nouvelle expérience aux frais de l'Etat.

Après avoir longuement développé son système à la tribune, sous le prétexte d'adresser des interpellations au gouvernement, il a demandé pour l'expérimenter,

1° La concession gratuite de 12 à 1600 hectares de terrains situés dans les environs de Paris. Nous disons concession gratuite, parce que, malgré l'attention que nous avons donnée à la lecture du discours de M. Considérant, nous n'avons pu y découvrir un seul mot permettant de lui supposer l'intention de payer un prix de ferme;

2° La somme nécessaire pour les frais de premier établissement, consistant en construction de logements et bâtiments affectés à l'exploitation, acquisition des instruments de travail, et défrichement des terrains concédés;

3° Une subvention annuelle.

La question des avantages matériels de l'association est jugée: dès lors, s'il pouvait être vrai que la théorie de l'attraction passionnelle et de la série chargée de distribuer les harmonies fût praticable et reposât sur un principe exact; s'il était possible qu'une association phalanstérienne se composât d'hommes également inaccessibles à tout esprit de discorde; si, en un mot, l'école sociétaire n'avait à vaincre d'autre difficulté que celle de se procurer les capitaux nécessaires à l'entreprise qu'elle projette, il ne serait pas nécessaire de se nommer Considérant, et d'avoir étudié durant vingt-quatre ans les ouvrages de l'homme inspiré, pour garantir d'avance le succès d'un établissement fondé dans les conditions indiquées par l'honorable représentant, et il ne se serait pas compromis trop gravement, en acceptant d'avance une place à Charenton, en cas d'insuccès, car une telle prévision serait alors à la portée du premier venu. Qu'on en juge!

M. Considérant demande de 12 à 1600 hectares pour créer un établissement modèle, peuplé d'environ 500 individus. Nous ignorons quelle peut-être la valeur exacte d'un hectare de terrain dans les environs de Paris; mais, si nous l'apprécions par comparaison, nous ne pouvons la supposer inférieure à 8,000 francs : à ce prix, 1,400 hectares, terme moyen de l'étendue dont la concession est sollicitée, vaudraient 11,200,000 francs qui, divisés par 500, chiffre du personnel de l'établissement, attribueraient à chaque individu un capital immobilier de 22,400 francs. Ainsi, en supposant toutes les familles composées de cinq personnes, il y aurait dans l'établissement projeté cent familles dotées chacune de propriétés valant 112,000 francs et de tous les fonds nécessaires à ses frais d'installation.

Et ce n'est pas tout : chaque famille recevrait encore de l'État une subvention, au lieu de payer sa part d'impôts.

Nous concevons parfaitement que, disposant d'une telle masse de ressources, 100 familles ou 500 personnes vécussent fort à l'aise dans un phalanstère, et que le succès dépassât même les espérances que l'entreprise pourrait faire concevoir, à moins, cependant, qu'il ne fût compromis, comme il l'a été en Afrique, par le principe même sur lequel on compte pour l'obtenir, par l'association ; car la paresse nous semble devoir être le résultat presque inévitable de la discorde, dont une nombreuse association doit renfermer tant de ferments.

Nous craindrions moins de garantir une douce existence à cent familles de cultivateurs, possédant les mêmes ressources et se dispensant de recourir aux merveilles très-problématiques de l'association phalanstérienne. Nous pourrions aller plus loin et réduire de moitié la valeur des propriétés dont chaque famille aurait à jouir, sans les croire fort à plaindre.

Au moment où nous écrivons ces lignes, une commission est saisie de la demande de M. Considérant. Nous ne pouvons prévoir ni ses conclusions, ni la décision de l'Assemblée nationale, mais il nous semble que l'État peut bien se passer de l'expérience de ce socialiste.

De deux choses l'une : ou la totalité des ressources qu'il sollicite est indispensable ou l'on peut expérimenter avec de moindres.

Dans la dernière hypotèse, pourquoi ne s'est-on pas borné à demander seulement un peu au delà de l'absolu nécessaire, pour être en mesure de faire face à l'imprévu?

Dans la première ; comment ferait-on pour transformer la France entière en phalanstère? Car le système qu'on exalte comme devant guérir toutes les plaies de la société ne saurait être bon si tous les citoyens ne peuvent profiter de ses avantages. Examinons!

On vient de voir que la part de chaque associé dans la valeur totale des 1,400 hectares, dont M. Considérant a demandé la concession, serait de 22,400 francs. Croit-on que la moyenne de la valeur territoriale possédée par chaque individu de tout âge et de tout sexe puisse s'élever à ce chiffre? Qu'on se souvienne que la population de notre belle patrie s'élève à trente-cinq millions d'âmes, et que la question ne pourrait être résolue affirmativement que dans le cas où la valeur totale de notre sol s'élèverait à la somme énorme de sep cent quatre-vingt-quatre milliards, auxquels il faudrait ajouter celle de soixante-dix milliards pour frais d'établissement de 70,000 phalanstères, peuplés l'un dans l'autre d'environ 500 individus. Il est vrai qu'une réunion réduite à 500 personnes des deux sexes, sur un terrain d'une lieue carrée, ne serait, selon M. Considérant, que le premier degré de son expérience, et qu'il porte à 400 familles, c-est'à dire à 1,800 ou 2,000 individus, le personnel normal d'une commune sociétaire ; mais il faut remarquer que les frais d'établissement qu'il demande sont naturellement proportionnés au personnel, de sorte que, s'il est évident qu'il suffirait de 17,500 phalanstères pour l'établissement de trente-cinq millions d'âmes; à raison de 2,000 dans chacun d'eux, il n'est non moins constant que les frais d'établissement seraient quatre fois plus grands pour 2,000 personnes que pour 500. Le chiffre de la dépense ne change donc pas, et c'est toujours 70 milliards qu'il faudrait pour installer la France entière dans des communes phalanstériennes.

Supposons maintenant que nous ayons exagéré de moitié le prix d'un hectare de terrain situé aux portes de la capitale, et que sa valeur ne soit que de 4,000 au lieu de 8,000 francs; la part de chaque phalanstérien étant dans ce cas encore de 11,200 francs, il faudrait que chacune des 35 millions d'âmes, dont notre population se compose, pût trouver sur notre sol une part d'égale valeur. On conviendra que nous sommes bien loin de ce compte, et cependant, si les calculs de M. Considérant sont exacts, cela ne suffirait pas, et des phalanstères ne pourraient fonctionner, bien qu'exempts d'impôts, sans recevoir encore des subventions; mais nous avons été condamné à ne point en faire figurer dans la somme générale des ressources: il faudrait bien y renoncer, en effet, si nous devenions tous phalanstériens, parce qu'alors la nation entière devant en recevoir, il n'y aurait plus personne pour les payer.

On voit qu'une expérience ne prouverait absolument rien si elle était tentée dans les conditions proposées par M. Considérant, et qu'elle ne pourrait être regardée comme décisive, comme concluante, qu'autant qu'elle serait couronnée d'un plein succès, bien que faite avec une moyenne de la fortune générale, proportionnelle au nombre des associés.

Peut-être n'est-ce pas sous le rapport des résultats matériels qu'une expérience est jugée utile par les phalanstériens, et leur but principal est-il de voir fonctionner la théorie de l'attraction passionnelle, et de la série chargée de distribuer les harmonies; car il nous semble avoir ouï dire que son application exige une somme de richesse bien supérieure à celle que nous possédons, ce qui expliquerait l'exagération apparente de la demande de M. Considérant. Mais, si l'on admettait cette hypothèse, quels avantages pourrait-on retirer de l'expérience, alors même qu'un succès complet la couronnerait? On ne comprendrait pas l'utilité, pour le corps social tout entier, d'un système dont la mise en pratique ne serait possible qu'avec une somme de richesse générale beaucoup plus considérable que celle qui existe, car l'association doit évidemment avoir pour premier, pour principal but, de suppléer à cette richesse par une économie dans les dépenses, c'est-à-dire de donner aux besoins de tous la satisfaction la plus complète que puissent offrir les ressources dont nous disposons. Si la fondation d'une commune sociétaire est impossible avec la part moyenne de ces ressources afférente à sa population; si elle exige inévitablement une richesse bien supérieure à celle acquise; si, en un mot, l'état de la fortune générale ne permet pas de faire participer tous les citoyens aux bienfaits de l'organisation sociale imaginée par Fourier, de quel droit en ferait-on jouir les uns aux dépens des autres ? Pourquoi la masse de la nation créerait-elle à ses frais un nouveau paradis terrestre dont un petit nombre de privilégiés seraient seuls appelés à savourer les délices ?

Nous dirions donc aux phalanstériens : trouvez d'abord un moyen d'augmenter progressivement la richesse générale ; puis, vous songerez à l'application de vos théories quand vous aurez atteint un degré de prospérité suffisant pour que la France entière puisse en profiter.

La découverte sur laquelle nous appelons les méditations de l'école sociétaire serait beaucoup plus intéressante pour l'humanité que celle dont elle se dit en possession. Prenant cette dernière pour celle qui reste à faire, nous avions la simplicité de croire que Fourier avait pour but d'accroître le bien-être de tous, et pour moyen le système qu'il a créé : aujourd'hui encore, on nous persuadera difficilement que nous nous abusions, parce qu'il n'est pas raisonnable de supposer qu'un homme ait pris pour but ce qui ne doit être qu'un moyen ; aussi nous sommes-nous souvent étonné qu'il n'existât point encore de commune phalanstérienne, si, comme le dit M. Considérant, il suffit de 400 familles pour en fonder une. L'école à la tête de laquelle il s'est placé serait bien peu nombreuse, si elle ne comptait pas assez d'adeptes pour les fournir, et l'on ne pourrait s'expliquer leur hésitation à se réunir pour établir un phalanstère qu'en supposant que leur dévouement réel au système qu'ils prônent n'égale pas l'apparence de leurs convictions.

Persistant à penser, parce que la raison le veut ainsi, que Fourier se soit proposé l'augmentation de la richesse générale comme but et le phalanstère comme moyen, nous ne comprenons pas qu'il veuille occuper les ouvriers de l'industrie à diverses natures de travaux, car il entre ainsi dans une voie diamétralement contraire à son but. En effet, l'expérience a prouvé les heureux résultats de la division du travail, c'est-à-dire d'une répartition par suite de laquelle chaque personne en particulier s'occupe toujours de la même opération et la recommence perpétuellement. Ce n'est qu'au moyen de cette division qu'on parvient à produire beaucoup et à bon marché, à raison de l'aptitude que les ouvriers acquièrent par l'habitude et de cette considération qu'ils ne perdent jamais de temps pour changer de place et d'outils. Jean-Baptiste Say a reconnu, par exemple, en visitant une manufacture de cartes à jouer, que 30 ouvriers, exerçant chacun des fonctions particulières, produisaient journellement 15,500 cartes, c'est-à-dire 500 cartes par ouvrier; il a calculé ensuite que, si chacun de ces ouvriers était obligé de faire à lui seul toutes les opérations, il ne terminerait peut-être pas deux cartes dans un jour, quelque exercé dans son art qu'on le supposât, et que par conséquent les 30 ouvriers ne feraient que 60 cartes, au lieu de 15,500; on voit qu'il y aurait une perte immense pour la richesse générale à faire cesser la division du travail : on aurait énormément moins de produits, et tel objet qui coûte 1 fr. dans le commerce se vendrait 100 fr. et plus peut-être s'il était fabriqué tout entier par le même individu, au lieu de passer par vingt, trente ou quarante mains avant d'être confectionné. L'école de Fourier ferait donc éprouver des pertes incalculables à la richesse sociale, en faisant exécuter diverses natures de travaux par les ouvriers des manufactures, soit parce qu'ils produiraient beaucoup moins, soit parce que le prix de revient serait infiniment plus élevé.

La construction des phalanstères aurait des résultats non moins fâcheux. Tout ce qui existe maintenant en fait de maisons, fermes, etc., ne pourrait plus être utilisé : il faudrait bâtir des phalanstères pour 35 millions d'âmes, et nous avons vu qu'en prenant pour base les frais indiqués par M. Considérant, nous arrivons au chiffre de 70 milliards qui seraient ainsi enlevés à l'agriculture, au commerce et à l'industrie. Or, tout capital, en supposant qu'il ne rapporte que l'intérêt du 5 p. 0/0, avec les intérêts des intérêts, double en moins de quinze ans : on peut conséquemment se faire une idée de la perte qu'on ferait encore éprouver à la richesse générale si, pour frais de premier établissement des phalanstères, on avait à retrancher 70 milliards de la somme totale des capitaux productifs.

L'école de Fourier méconnaît donc les plus

simples notions de l'économie politique aussi bien que les dispositions les plus manifestes du cœur humain, et il ne faut rien moins qu'une expérience sérieuse, à ce qu'il paraît, pour dissiper ses illusions. Nous ne comprenons pas surtout qu'elle arguë sans cesse d'une insuffisance de capitaux, quand on lui reproche de n'avoir pas fait encore cette expérience : en effet, si l'on supposait la France divisée par groupes de 400 familles, prises au hasard dans toutes les classes de la société, ne serait-il pas raisonnable de croire que chaque groupe possède ensemble une fortune approximativement égale à celle de chacun des autres? Il faut donc admettre que les 400 familles de l'école de Fourier, qui pourraient se réunir pour fonder un phalanstère, possèdent le terme moyen de la fortune particulière et qu'elles peuvent créer une commune avec le total de leur avoir, de même que chacun des autres groupes; car, s'il en était autrement, si cet avoir était insuffisant pour l'un des groupes, celui de chacun des autres devait l'être aussi, et nous demanderions, pour la seconde fois, comment on s'y prendrait pour transformer la France entière en phalanstères.

On peut nécessairement appliquer le même calcul à la division de la population en groupes de 100 familles, et puisque M. Considérant reconnaît que ce nombre suffit pour une expérience, il doit lui être d'autant plus facile de les réunir.

Et qu'on ne dise pas que notre raisonnement est erroné, les fouriéristes n'ayant pas leur part de la richesse totale, parce qu'ils font partie des classes malheureuses; car, pour être dans le vrai, c'est l'hypothèse contraire qu'il faut admettre. Que les socialistes en général soient des prolétaires, cela est incontestable; mais le plus grand nombre des partisans spéciaux du système phalanstérien appartiennent aux classes hautes et moyennes de la société et, l'un dans l'autre, ils doivent évidemment posséder chacun bien au delà du terme moyen de la fortune particulière, c'est-à-dire bien au delà de la somme qu'on obtiendrait, en divisant celle totale à laquelle s'élève la fortune générale de la France, par le nombre de familles dont sa population se compose.

Fourier n'indique nulle part la nécessité d'un concours autre que celui des sociétaires. Définissant l'association, ses disciples disent qu'elle est *la réunion volontaire d'un certain nombre de personnes, pour coopérer de concert à un but commun, dans lequel l'intérêt de chacun doit trouver satisfaction intégrale et proportionnelle.*

Ils posent ensuite comme *conditions fondamentales de l'association*,

1° *Le libre concours des associés;*
2° *L'unité de but et d'efforts;*
3° *La proportionnalité des droits.*

Les partisans de l'école phalanstérienne ne possèdent-ils pas tous ces éléments? Où trouvent-ils la nécessité de recourir à des tiers, non-seulement étrangers à l'association qu'il s'agit de fonder, mais fortement prévenus contre le système qui doit lui servir de base? N'ont-ils pas toute leur liberté d'action? Où sont les entraves que la société leur suscite? Nous ne saurions douter de leur confiance dans le succès de l'œuvre qu'ils projettent, sans leur faire injure, et si, malgré cette confiance, ils n'osent pas l'entreprendre à leurs dépens, comment peuvent-ils supposer qu'ils obtiendront les fonds dont ils ont besoin de ceux qui repoussent leurs doctrines? Auraient-ils donc moins de hardiesse que les capitalistes et les industriels qui n'hésitent pas à engager leurs capitaux dans une spéculation ou dans une entreprise qu'ils croient bonne!

Que les vrais croyants se mettent donc bientôt à l'œuvre dans les conditions ordinaires de toute association, c'est-à-dire avec les seules ressources dont les associés pourront disposer, sinon il nous sera permis de douter de la sincérité de leur foi, ou de croire que l'application générale du système phalanstérien est d'un prix bien supérieur à la fortune entière de la France.

CONCLUSION.

Quand un drapeau flotte au sommet d'un édifice, il est en réalité d'une ou de plusieurs couleurs déterminées et devrait paraître tel qu'il est à tous ceux dont il frappe les regards : il peut arriver, cependant, qu'innocents jouets d'une illusion, un plus ou moins grand nombre d'individus se trompent de bonne foi sur les couleurs réelles de ce drapeau ; mais ces couleurs sont un fait dont l'erreur de ceux qui voient mal ne saurait altérer l'existence.

Il en est de même d'une idée : elle est juste ou elle est fausse ; mais elle ne peut être simultanément l'un et l'autre, et l'opinion qu'on s'en forme en l'étudiant n'en change pas le caractère. On peut ne pas l'apprécier sainement et l'imagination de ceux à qui ce malheur arrive a la liberté de s'égarer dans le vaste champ des chimères, parce qu'on ne saurait assigner de limites à l'erreur ; mais, quand elle est juste, aucun dissentiment d'opinion n'est possible entre ceux qui la considèrent sous son véritable aspect : leur pensée est nécessairement enserrée dans un cadre dont il ne lui est pas permis de s'écarter ; car la vérité n'a pas deux faces : elle peut être longtemps méconnue et contestée même par des intelligences supérieures, après avoir été découverte : elle peut tarder surtout à pénétrer dans l'esprit des masses ; mais tous ceux qui la reconnaissent et l'admettent sont forcés de la voir avec les mêmes caractères, c'est-à-dire telle qu'elle est, sinon elle ne saurait être une vérité.

Si tous les prétendus socialistes étaient d'accord sur les bases fondamentales d'une nouvelle organisation sociale et ne différaient que sur des détails, il serait sage d'examiner attentivement et même d'expérimenter leur système, car il faut prendre le bien partout où l'on peut le rencontrer; mais chaque école reconnaît la fausseté des doctrines des autres et en a l'opinion que nous avons nous-mêmes de toutes. Semblable à la plupart des sectes religieuses, chacune d'elles condamne les autres et ne voit de salut que dans la sienne. M. Pierre Leroux ne croit ni au fouriérisme, ni au communisme, ni aux idées de M. Proudhon dont tout le système, s'il faut l'en croire, se résumait dans la banque du peuple. M. Proudhon, à son tour, fait peu de cas des théories de MM. Pierre Leroux, Cabet et Victor Considérant. M. Cabet n'admet rien hors du communisme, et la foi qu'inspire à M. Considérant le système de Fourier ne lui permet pas de chercher le bonheur de l'humanité dans un autre. Chacun de ces socialistes juge les trois autres comme nous les jugeons tous. D'accord dans leur redoutable antagonisme contre l'ordre social actuel, ils se diviseraient inévitablement après le succès : le jour où leur œuvre de destruction serait achevée par l'admission du principe général qu'ils invoquent tous, du socialisme, une lutte acharnée s'élèverait entre eux sur la forme et, se débattant vainement dans les horribles convulsions d'une incessante agonie, la société périrait découragée.

On a souvent invoqué l'exemple de Salomon

de Caus ; enfermé comme fou pour avoir découvert et signalé la puissance de la vapeur, afin d'en conclure que la négation des théories socialistes est, comme celle de la découverte de la vapeur, l'effet de l'aveuglement des hommes ; mais l'analogie qu'on voudrait établir n'existe pas. On a nié longtemps, il est vrai, la force de la vapeur, quoiqu'elle soit bien réelle ; mais tous ceux qui l'ont successivement reconnue l'ont admise telle qu'elle est, parce qu'il s'agissait d'une vérité. Nous sommes bien plus avancés quant au socialisme ; car tout le monde ou au moins tous les hommes raisonnables sont d'accord sur la nécessité d'améliorer notre organisation sociale, afin de faire participer les classes ouvrières à la plus grande somme possible de bien-être matériel et moral. Il importe peu que ce besoin soit désigné sous le nom de socialisme ou sous tout autre ; il suffit que personne ne le nie. Plus qu'aucun autre, nous y croyons : nous ne repoussons donc que les théories subversives qu'on propage sous le nom de socialisme, et nous disons que, si l'une des écoles socialistes était dans le vrai, toutes les autres se rangeraient immédiatement sous sa bannière ; mais, loin de là, chaque socialiste se fait une idée particulière du socialisme : chacun se le représente sous une forme différente ; qui dans la triade, qui dans l'égalité des salaires ; les uns dans le droit au travail, les autres dans la négation de la propriété et dans l'établissement d'une banque d'échange ; ceux-ci dans la communauté de toutes choses, ceux-là dans l'organisation du système sociétaire, etc., etc. C'est sur cette divergence infinie d'opinions que nous nous fondons pour conclure qu'aucune école n'est dans le vrai.

Nous avons parlé du socialisme en général, c'est-à-dire des doctrines auxquelles on donne aujourd'hui ce nom, puis du communisme et du fouriérisme en particulier. Le socialisme, pris dans le sens qu'on est convenu de lui donner, comprend, nous l'avons dit, toutes les écoles et toutes les sectes : nous n'avons pu le discuter que dans ses limites extrêmes, c'est-à-dire que sous le rapport de cette formule de M. Proudhon « la propriété, c'est le vol » et qu'en le confondant en quelque sorte avec le communisme.

Nous avons dit que le communisme, praticable seulement par des associations volontaires peu nombreuses, se réunissant et vivant comme des communautés religieuses, pourrait offrir quelques avantages matériels aux associés dans le milieu social actuel, mais qu'il ne produirait que l'esclavage, la paresse, la discorde et la misère, si on tentait de le généraliser.

Nous croyons avoir démontré que, reposant sur un principe faux, l'attraction appliquée au travail, tandis qu'elle n'existe que pour le salaire, le fouriérisme ne saurait tenir aucune de ses promesses, et qu'en adoptant, d'ailleurs, les bases indiquées par M. Considérant lui-même, la France ne serait pas assez riche pour se transformer en phalanstères.

Nous avons manifesté notre aversion pour la licence déguisée sous le nom de liberté, mais en professant le culte le plus sincère et le plus religieux pour la liberté elle-même, qui est incompatible avec la licence et ne peut exister qu'autant qu'elle est réglée de manière à ce que celle d'un membre quelconque de la société ne gêne pas l'exercice de celle d'autrui.

Nous avons combattu la chimère de l'égalité absolue repoussée par la raison parce qu'elle l'est par la nature. En effet, les arbres, tous les autres végétaux et les divers animaux de la même espèce sont-ils égaux entre eux ? Il suffit d'ouvrir les yeux pour répondre. Les inégalités que nos regards rencontrent de toutes parts sont rendues plus saillantes dans l'homme par l'intelligence dont il est doué et par l'instruction qu'il est susceptible d'acquérir. Ainsi l'égalité autrement que devant la loi n'est qu'un leurre ; on peut la promettre quand on veut passionner les masses, mais il n'appartient à aucune puissance humaine de la donner. On ne parviendrait pas même à l'obtenir en faisant disparaître toute trace de civilisation, car il n'y a pas de réunion d'hommes sans chefs et subordonnés, et les sauvages eux-mêmes sont forcés de s'incliner devant la supériorité de la force, de l'adresse et de l'intelligence. Donc, une fois encore, une égalité absolue n'existe et ne peut exister nulle part, puisqu'elle n'est pas même le privilége des sauvages.

Dirons-nous quelques mots de la fraternité, pur et noble sentiment commandé par la religion et gravé par la nature dans le cœur de tous les hommes de bien? Pourquoi l'a-t-on si mal comprise qu'au moment où, en l'inscrivant sur notre drapeau, il aurait fallu donner à d'honorables citoyens la sainte mission de prêcher l'union, la paix et la charité entre tous les membres de la grande famille française, on voyait, au contraire, apparaître sur tous les points du territoire certains agents qui, si l'on en juge par les actes du plus grand nombre, semblaient avoir reçu ou s'être attribué celle d'agiter les populations, d'exciter les passions des masses, de semer la division et l'irritation entre les bourgeois et les prolétaires, et de propager l'absurde opinion que les ouvriers et les bourgeois formaient dans la société deux classes distinctes qui, ayant des intérêts diamétralement opposés, devaient vivre l'une à l'égard de l'autre dans un état permanent d'hostilité. On a voulu même établir une singulière analogie entre la révolution de 1789 et celle de 1848.

La révolution de 1789, disait-on, a été faite par la bourgeoisie contre la noblesse et le clergé :

celle de 1848 a été faite par le peuple contre la bourgeoisie.

La conduite du véritable peuple de Paris en février réfute victorieusement cette opinion, et d'ailleurs l'analogie est-elle donc bien réelle? La révolution de 1789 a été faite, il est vrai, contre l'aristocratie et ses nombreux priviléges, car alors les nobles et les prêtres ne se contentaient pas de prélever une foule de droits féodaux sur les misérables parcelles de terre qu'avait le peuple : véritables mendiants éhontés et dorés, ils ne rougissaient pas de dévorer encore, sous le nom de pensions et de bénéfices, la plus grande partie du produit des charges publiques dont ils étaient affranchis, bien que possédant la presque totalité du sol. Aux nobles seuls les titres, la fortune, la considération, la gloire, les honneurs et les fonctions publiques : en un mot, la noblesse était tout dans la nation et le peuple, c'est-à-dire tout ce qui n'appartenait pas à cette caste privilégiée n'était rien.

Mais depuis longtemps ces abus révoltants ont disparu de la société française. Où sont aujourd'hui les véritables priviléges? La presque totalité des fonctions publiques ne sont-elles pas remplies par des hommes d'origine plébéienne? Voyez l'armée, la magistrature, nos corps savants, les administrations, et jugez! Quel citoyen ne peut prétendre à tout et s'élever aux plus hautes positions par la probité, la conduite, l'intelligence et le savoir? Examinez le personnel, non-seulement des officiers de toutes armes et de tous grades, des membres de l'institut, des magistrats et des employés divers, mais encore des médecins, des avocats, des avoués, des notaires, des huissiers, des artistes, des industriels et des négociants les plus distingués, et vous compterez par milliers, dans leurs rangs, des fils de braves ouvriers et d'honnêtes cultivateurs. Le clergé lui-même ne se recrute-t-il pas surtout dans les populations agricoles? Reconnaît-on enfin d'autre aristocratie que celles de la fortune et du talent? Et celles-là se déplacent incessamment; mais on ne parviendra pas à les détruire tant que les hommes ne naîtront pas égaux en force, en adresse, en santé, en intelligence, en amour de l'ordre, de l'économie et du travail. L'homme sage et laborieux n'accroîtra-t-il pas toujours son avoir pendant que le paresseux et le débauché se ruinent? L'idiot aura-t-il les mêmes chances de s'enrichir que l'homme instruit et intelligent? Ainsi, la fortune change de mains, mais il y aura toujours des riches et des pauvres, des forts et des faibles, des hommes d'esprit et des imbéciles.

Où donc a-t-on vu ces monstrueux priviléges de la bourgeoisie que le peuple aurait tant d'intérêt à détruire? On a dû considérer, il est vrai, le monopole électoral comme un privilége; mais on se trompait en l'attribuant à la bourgeoisie, car il appartenait à la fortune. Les cultivateurs, propriétaires ou fermiers sont aussi des ouvriers les plus utiles de tous sans conteste, et beaucoup de cultivateurs sans instruction étaient électeurs, tandis qu'un grand nombre de bourgeois fort instruits, tels que des savants, des militaires, des hommes exerçant diverses professions libérales, des artistes, des fonctionnaires se voyaient exclus des colléges électoraux. Ces nombreuses victimes du privilége étaient donc non moins intéressées que les ouvriers à voir disparaître le monopole électoral, et la République en a fait justice en proclamant le suffrage universel.

On ne peut avoir eu la pensée de regarder comme un privilége de classe l'occupation des emplois publics par la bourgeoisie, on l'a déjà compris, sans doute, car un très-grand nombre de magistrats, d'ecclésiastiques, d'officiers et de fonctionnaires ont pour pères des cultivateurs ou des ouvriers; et, d'ailleurs, c'est un état de choses qu'il ne sera jamais au pouvoir d'aucun gouvernement de détruire, parce que, s'il constituait un privilége, il ne serait autre que celui de l'intelligence et du savoir. Par cela seul qu'on ne saurait exercer de fonctions publiques sans posséder une instruction plus ou moins étendue, suivant leur nature, on ne pourra jamais les confier qu'aux hommes pourvus de cette instruction. On ne peut donc rien conclure de ce fait, si ce n'est la nécessité de rendre l'instruction non-seulement accessible, mais obligatoire pour tous les citoyens, afin que toutes les intelligences supérieures puissent un jour être à leur place, quel que soit leur point de départ.

Ce qu'on a pu condamner surtout avec raison, c'est l'abus fâcheux des influences; mais il faut nous résigner à le subir, quelque vieux qu'il soit. Né de la civilisation, il ne peut cesser qu'avec elle : on a été et l'on sera condamné à le déplorer dans tous les temps, dans tous les pays et sous tous les régimes. Les influences marchant parallèlement avec les oscillations politiques, se déplacent plus souvent et plus rapidement que les fortunes, mais elles n'échappent à certaines mains que pour être avidement saisies par d'autres, et jamais on n'empêchera les hommes placés dans de hautes positions de protéger leurs amis politiques et de s'entourer de leurs créatures.

On a beaucoup parlé de l'exploitation de l'homme par l'homme et de la tyrannie du capital. Aurait-on oublié que le capital n'est que du travail accumulé; que l'intérêt de l'argent n'est que le loyer du capital; qu'il importe que les profits des entrepreneurs d'industrie soient élevés pour compenser les pertes qu'ils sont exposés à subir de temps à autre; qu'il est juste, enfin, que ces entrepreneurs trouvent, dans leur inventaire annuel, le salaire de leur propre travail matériel et intellectuel, avec le loyer des capitaux productifs de toute nature qu'ils ont engagés dans leur entreprise, et que, d'ailleurs, plus les capitaux abondent, plus le salaire des ouvriers est élevé, parce que le travail est plus ou moins demandé suivant l'abondance ou la disette des capitaux, et que le taux des salaires s'élève ou s'abaisse suivant que le travail est plus ou moins demandé? Ainsi le bien-être de l'ouvrier est toujours, jusqu'à un certain point, subordonné à la richesse de l'entrepreneur. Ces observations ne tendent certes pas, tant s'en faut, à établir que tout est au mieux et qu'on ne doit pas chercher les moyens de faire participer les ouvriers le plus largement possible aux produits qu'on obtient avec leur concours, mais c'est encore aujourd'hui une grande question que celle de savoir si l'on peut atteindre ce résultat par de bonnes mesures législatives, et ce ne serait pas, à coup sûr, en bouleversant l'ordre social qu'on y arriverait.

Serait-il au moins vrai, comme on l'a malheureusement trop dit, que le peuple et la bourgeoisie formassent réellement deux classes ayant des intérêts contraires? Nous le croyons si peu, que nous défions les propagateurs de cette idée d'indiquer entre elles une ligne positive de démarcation , de déterminer exactement le point où l'on est encore peuple et celui où l'on cesse de l'être pour devenir bourgeois. On pouvait dire avec raison autrefois que la noblesse et le peuple, dénomination sous laquelle nous comprenons indistinctement tous ceux qui n'étaient pas gentilshommes, formaient deux classes, car leurs intérêts étaient évidemment opposés et tout le monde reconnaissait à des caractères particuliers les hommes appartenant à chacune d'elles ; mais rien ne distingue et surtout ne sépare le peuple de la bourgeoisie. Il n'y a plus de castes, et le peuple, aujourd'hui, c'est tout le monde. Quelle que soit la hauteur de l'échelle sociale, en partant du citoyen placé à sa base, on arrive à celui qui est au sommet par des gradations insensibles et presque toujours inappréciables. Pourquoi donc vouloir établir une absurde distinction entre ces deux prétendues classes, comme si elles n'avaient pas un intérêt commun; comme s'il pouvait y avoir entre elles antagonisme d'intérêts, en tant que classes; comme si le bien-être de l'une ne contribuait pas au bien-être de l'autre; comme si elles n'en formaient pas réellement une seule par l'effet de la fusion incessante qui s'opère entre elles. Il n'est pas, en effet, un homme raisonnable qui ne l'ait remarqué; les familles sont, comme les nations, tour à tour en progrès et en décadence : nous n'avons pas besoin de gravir longtemps l'échelle de nos souvenirs pour trouver, parmi les ouvriers, les ancêtres de la plupart des bourgeois que nous connaissons, et, dans la bourgeoisie, les aïeux d'un très-grand nombre d'ouvriers. Le prolétaire sage, intelligent et laborieux s'enrichit par l'épargne et le travail, et ses enfants sont des bourgeois, tandis que le fils du bourgeois qui se ruine devient ouvrier.

Il est bien naturel, sans doute, que le pauvre envie le sort du riche; mais, pour que ce sentiment ne se transforme pas en haine, qu'il repousse avec horreur les conseils de ceux qui pourraient chercher à égarer son instinct; qu'il songe aux vicissitudes si fréquentes et si brusques de la fortune, et qu'il se dise bien surtout qu'un jour, bientôt peut-être, les fils du riche, devenus pauvres, envieront à leur tour le sort des enfants du pauvre auxquels la fortune aura souri.

Prolétaires, ne lancez jamais l'anathème sur des hommes dans les rangs desquels vous ou vos enfants vous trouverez peut-être demain, afin que les bourgeois, devenus prolétaires, ne vous proscrivent pas à leur tour!

Bourgeois, suivez les préceptes de l'Evangile! Pratiquez sincèrement envers les ouvriers le noble sentiment de la fraternité, parce que vous ou vos enfants, rentrés dans la classe des prolétaires, aurez besoin demain que cette vertu divine soit pratiquée envers vous par les ouvriers d'aujourd'hui devenus bourgeois!

Paix et union entre tous : souvenons-nous que la vie n'est qu'un échange de services; qu'il est aussi impossible au prolétaire de se passer de ceux qui lui donnent du travail et consomment ses productions qu'aux consommateurs de se passer de ceux qui produisent; que l'ouvrier a besoin de médecins, de notaires, d'avocats, d'avoués, d'huissiers, d'industriels, de négociants, etc., etc., de même que ces derniers ont besoin de clients et de pratiques; en un mot, qu'il n'est au pouvoir de personne de se suffire à soi-même. Ne distinguons qu'entre deux classes de citoyens, les honnêtes gens et les fripons : honneur et respect à l'honnête homme, quelque humble que puisse être sa position! honte et mépris au fripon, quelque haut qu'il soit placé!

Le rôle de la bourgeoisie est fini, avons-nous souvent ouï dire depuis février : voilà encore une de ces aberrations de la pensée qu'un homme raisonnable ne saurait comprendre. Non, certes, le rôle de la bourgeoisie n'est pas fini; on a pu s'en convaincre en lisant tout ce qui précède. C'est par l'instruction seule, cela est incontestable, qu'on peut arriver aux fonctions publiques et à toutes les positions, nous ne dirons pas honorables, parce qu'il n'en est aucune qu'un honnête homme ne puisse rendre telle, mais lucratives; et, d'ailleurs, la République ne sera réellement assise sur des bases inébranlables, ne sera véritablement stable par la seule force de ses institutions, que lorsque, par leurs lumières, tous les citoyens seront dignes d'être de vrais républicains et cesseront de ne l'être que de nom. Qui donc peut répandre ces lumières, si ce n'est ceux qui les possèdent, c'est-à-dire la bourgeoisie? C'est donc à elle que l'avenir réserve le plus beau rôle dans la société, celui de faire l'éducation morale du peuple. Ainsi l'existence de la bourgeoisie importe même à celle de la République et à la réalisation du progrès qui doit en être la conséquence.

Et maintenant revenons au socialisme et tachons de nous entendre sur la signification de ce mot; car jamais, en aucun temps, on n'a plus abusé des termes que dans le nôtre ; jamais on n'en a plus complétement interverti le sens. Nous avons discuté, pour les combattre, des doctrines subversives ou au moins inefficaces professées sous le nom de socialisme ; mais, de même que tous les hommes de cœur, nous sommes nous-même meilleur et plus vrai socialiste que ceux qui se disent tels, si le mot socialisme doit être, comme nous le croyons, synonyme de philanthropie, de charité, de fraternité chrétienne; si, pour être réellement socialiste dans la véritable acception du terme, il suffit de désirer d'importantes améliorations sociales ; car nous appelons de tous nos veux un état de choses dans lequel tous les citoyens participent le plus largement possible à la richesse générale, eu égard à leur position respective; un état de choses tel surtout que le pauvre ne manque jamais du nécessaire, dut le riche avoir un peu moins de superflu ; nous voudrions une répartition des charges publiques assez équitable pour que le propriétaire ne fût pas imposé pour des revenus qu'il n'a pas, pour un sol qu'il doit en partie, tandis que son créancier échappe aux exigences du fisc, et que, frappant le revenu réel, l'impôt atteignît le riche capitaliste dans sa fortune princière, en ne demandant au malheureux que proportionnellement à ses véritables ressources ; nous désirons que, sans admettre le droit au travail, parce qu'il n'existe aucun moyen de le satisfaire et qu'il serait un germe permanent de révolutions, on avise au moyen de ne laisser jamais inoccupés les hommes valides sincèrement disposés à travailler, et qu'on soigne la vieillesse des honnêtes ouvriers dans des établissements spéciaux fondés par l'Etat, ou qu'une caisse de retraites, sagement administrée, leur assure des moyens d'existence pour la fin de leur honorable carrière ; nous applaudirions à la fondation de banques agricoles, à l'instar de celles de Pologne et de Prusse, dans lesquelles le cultivateur put emprunter les fonds dont il a besoin, à un intérêt modéré, en y ajoutant, chaque année, une faible rétribution pour amortir le capital dans un espace de temps déterminé ; nous souhaitons qu'on rende l'enseignement obligatoire et gratuit ; nous serions heureux, en un mot, de voir faire progressivement tout ce qui peut contribuer à l'amélioratiou du sort matériel et moral des classes pauvres.

Ne serait-ce pas là ce que veulent la plupart de ceux qui se disent socialistes ? Mais c'est à cela aussi qu'aspirent le plus grand nombre de ceux qu'ils nomment leurs adversaires. Alors, d'accord avec eux sur le but, nous ne différons réellement que sur les moyens de l'atteindre : nous voulons y arriver, eux brusquement et par tous les moyens, sans même en excepter les horreurs d'une lutte fratricide, nous graduellement par des voies pacifiques et légales ; mais, alors aussi, nous leur contestons le titre dont ils se parent ; car, dans notre pensée, les véritables socialistes sont ceux qui, redoutant avant tout la désorganisation de la société, ne veulent la modifier que par des améliorations progressives, et nous sommes de ce nombre. Nous voulons, en effet, ardemment et sincèrement le progrès que nous considérons comme la nécessité la plus impérieuse de notre temps ; mais nous ne saurions y avoir foi s'il s'accomplit trop brusquement : nous le désirons graduel et proportionné non-seulement aux besoins matériels, mais à l'intelligence et à l'éducation des masses, afin qu'il repose sur des bases indestructibles : nous pensons, en un mot, que, se préoccupant sans cesse de la crainte de détruire avant de savoir comment on s'y prendra pour réédifier, on doit se borner à modifier ce qui existe par une nouvelle législation appropriée aux besoins réels de la population.

Oui, nous voulons ardemment et sincèrement le progrès ; mais nous ne l'attendons pas d'une violente perturbation de la société ; nous le demandons à des institutions basées sur la science économique, parce que, étant seule apte à résoudre le grand problème de l'accroissement et de la meilleure répartition de la richesse générale, elle seule peut aussi réaliser, dans les limites du possible, les trompeuses promesses du socialisme. Déjà l'Assemblée législative nous semble s'être franchement engagée dans cette voie, en votant à l'unanimité, et aux applaudissements de la France entière, la proposition de M. de Mélun ; et quand, cédant à une malheureuse inspiration, M. Victor Hugo a exprimé des craintes sur les tendances de certains de ses membres, des voix énergiques se sont élevées de tous les bancs, et la protestation de l'Assemblée n'a pas été moins unanime que son vote.

Ainsi, de quel droit MM. les prétendus socialistes voudraient-ils s'arroger le monopole de tous les sentiments généreux? A quel titre osent-ils s'attribuer ce privilége d'un nouveau genre?

Serions-nous donc insensibles à d'horribles souffrances? serions-nous des hommes sans cœur et sans charité, sans religion et sans entrailles, parce que, redoutant les horribles conséquences de leurs utopies, nous refusons de les suivre dans le chemin de la désorganisation par la violence, et ne voulons arriver au plus noble but que les sociétés civilisées puissent atteindre, au soulagement de la misère, que par des moyens propres à rassurer la nation épouvantée, au lieu de la précipiter dans un abîme ?

Nous avons entendu des gens fort éclairés, et dont les principes sont d'ailleurs les nôtres, exprimer le désir de voir le gouvernement arriver de prime abord aux dernières limites des concessions. Leur vœu serait le nôtre s'il nous paraissait réalisable, mais nous craindrions qu'on ne s'exposât à la redoutable nécessité de retirer des libertés proclamées, de restreindre des droits concédés ou d'abandonner des institutions déjà fondées, et aucun danger ou au moins aucun inconvénient ne nous semble supérieur à celui de rétrograder. Les institutions humaines se ressentent nécessairement des imperfections de notre nature et ne répondent pas toujours, dans l'application, à l'excellence des théories qui leur ont servi de base : souvent elles donnent des résultats opposés à ceux sur lesquels on avait compté. Pour agir avec sécurité, il faut procéder avec prudence, essayer des théories qu'on croit bonnes, et les rectifier ou les modifier à mesure qu'on en reconnaît les imperfections. C'est le seul moyen, ce nous semble, d'éviter les crises violentes toujours dangereuses et fatales à ceux-là surtout dont on voudrait soulager les souffrances ; car les masses n'étant pas toujours suffisamment éclairées pour apprécier, soit les inconvénients ou les dangers de certaines institutions, soit les difficultés de leur mécanisme, ne voient et ne peuvent voir, dans leur retrait, qu'un pas rétrograde, qu'une violation de leurs droits, qu'un attentat à leurs intérêts, alors, cependant, qu'on n'obéit qu'à l'impuissance de les faire fonctionner utilement.

www.ingramcontent.com/pod-product-compliance
Ingram Content Group UK Ltd.
Pitfield, Milton Keynes, MK11 3LW, UK
UKHW020414230726
13925UKWH00004B/1420

9 782014 068825